BIBLIOTHÈQUE DE LA JEUNESSE
L'ÉTRANGE MATIÈRE
PAR E.-M. LAUMANN ET R. BIGOT
LIBRAIRIE 2f50 HACHETTE

Bibliothèque des Ecoles et des Familles

1re SÉRIE
Format grand in-8 (28×18)

Chaque volume :
broché .... **10 fr.**
relié tranches jaunes, tête dorée .... **15 fr.**

About (E.) : **L'homme à l'oreille cassée.**
Le roman d'un brave homme.

Avezan (D') : **Enfant d'adoption.**

Beecker Stowe : **La case de l'oncle Tom.**

Cervantes Saavedra : **Don Quichotte de la Manche.**

Charlieu (H. de) : **Mademoiselle Olulu.**
Le dernier des Castel-Magnac.
Le Fils du Naufragé.

Cim (Alb.) : **Grand'mère et petit-fils.**

Géniaux (Charles) : **Petit poète et grand roi.**

Jeanroy (B.-A.) : **L'Enfant de Saint-Marc.**

Maël (P.) : **Robinson et Robinsonne.**
Le trésor de Madeleine.
Un mousse de Surcouf.
Lance et Quenouille.
Les deux tigresses.
Terre de fauves.
Le Talisman.

Monnier : **Notre belle Patrie. Sites pittoresques de la France.**

Raynal : **Les Naufragés.**

Rousselet (L.) : **Sur les confins du Maroc.**

Scott (Walter) : **Ivanhoë.**

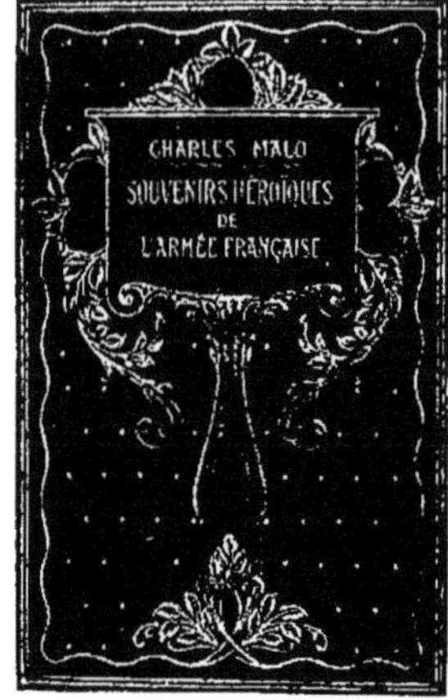

Toudouze (G.) : **La vengeance des Peaux-de-Biques.**
Le Renard de la Mer.
Le voltigeur hollandais.

Vernon (P.) : **Pirate de l'air.**

Wyss (J.) : **Le Robinson suisse.**

Pour la collection complète, demander le Catalogue de Distribution de Prix.

2e SÉRIE
Format in-8 (25×17)

Chaque volume :
broché .... **9 fr.**
relié percaline, tranches jaunes, tête dorée .. **13.50**

About (E.) : **Nouvelles et souvenirs.**
Le roi des montagnes.

Arthez (Danielle d') : **Les tribulations de Nicolas Mender.**

Beauregard (G. de) : **Le rubis de Lapérouse.**

Boland (H.) : **Excursions en France.**

Bovet (Mme de) : **Mademoiselle l'Amirale.**

Cahun (L.) : **Les pilotes d'Ango.**

Colomb (Mme J.) : **Mon oncle d'Amérique.**
Les étapes de Madeleine

Cooper (Fenimoore) : **Le dernier des Mohicans.**

Corneille : **Œuvres choisies.**

Daudet (A.) : **Histoire d'un enfant, le petit Chose.**

Dickens (C.) : **David Copperfield.**
Nicolas Nickleby.

Dourliac (A.) : **Fleur des ruines.**

Gaffarel (P.) : **Les campagnes de la première République.**

Girardin (J.) : **Le locataire des demoiselles Rochon.**

Guy : **Gérard le Résolu.**

Perrault : **Fière devise.**
Autour d'un secret.

L'ÉTRANGE MATIÈRE

« C'ÉTAIT UN ÊTRE INQUIÉTANT QUE CET HOMME COURBÉ SUR SES CORNUES »

BIBLIOTHÈQUE DE LA JEUNESSE

L'ÉTRANGE MATIÈRE

PAR

E.-M. LAUMANN et RAOUL BIGOT

ILLUSTRATIONS DE RENÉ LELONG

LIBRAIRIE HACHETTE
79, BOULEVARD SAINT-GERMAIN, PARIS

UN TREMBLEMENT DE TERRE N'AURAIT PAS FAIT PIRE BESOGNE

L'ÉTRANGE MATIÈRE

I

LES BANDITS MYSTERIEUX

PAUL Escander, le célèbre reporter du *Monde*, arriva comme un fou dans le hall du grand journal et, traversant la salle de rédaction où il sema une sorte de panique, monta chez le rédacteur en chef. Il entra, sans se faire annoncer, dans son cabinet.

« Eh bien ! qu'avez-vous, Escander ? » dit Le Sauter.

Mais Escander était vraiment trop ému pour répondre à cette interrogation ; à court d'haleine, il se contenta de poser sur la table du rédacteur en chef un carré de papier, pas très grand, sur lequel étaient imprimées en assez gros caractères les lignes suivantes :

L'Association des Radjisraks n'ayant pas, malgré un avis répété trois fois, reçu du gouvernement la somme de 100 millions de francs dont elle l'a taxé, a provoqué, à titre d'avertissement, la première catastrophe. A l'heure actuelle, la Beauce est en feu.

« Qu'est-ce que c'est que ça ? questionna le rédacteur en chef en regardant son collaborateur avec curiosité. D'où cela vient-il ?

— Ça tombe du ciel, dit Escander.

— D'ordinaire, les canards n'en tombent que lorsqu'ils sont blessés, et celui-ci me paraît robuste.

— Ne riez pas, patron, la chose est sérieuse.

— Expliquez-vous.

— Voilà. J'allais à la Chambre quand, sur les boulevards, dans les rues, partout, tournoyant et tombant sur le sol, une nuée de petits papiers s'abattit ; machinalement, je levai les yeux, cherchant l'avion qui envoyait ça, mais le ciel était vide et je n'attachai pas d'importance à cette pluie, sachant que c'est devenu l'une des formes de la publicité. D'ailleurs, les passants paraissaient aussi peu curieux que moi : quelques-uns lisaient le papier, puis le rejetaient, mais comme une de ces feuilles — celle-ci — me passait devant le nez, je la saisis au passage. Bien entendu, je fis comme vous et je crus à un canard. Cependant, une phrase du dernier discours du président du Conseil me revint à l'esprit, phrase ambiguë dont le sens m'avait échappé : « Soyons unis, messieurs ; qui sait quels dangers menacent encore la France ? » Au premier abord, cela paraissait être une de ces manœuvres par lesquelles un ministère consolide sa position ; mais, rapprochée du texte que je venais de lire, la phrase prenait une autre signification. Vous savez que je n'aime pas que les choses me demeurent obscures. Dès mon arrivée à la Chambre, je téléphonai à l'*Havas* qui m'annonça qu'en effet, on signalait des incendies en Beauce, mais les détails manquaient encore. Alors, me souvenant que j'avais un ami substitut à Chartres, je lui lançai un appel et voici ce qu'il me répondit : d'abord, on avait signalé l'explosion de l'incendie à l'un des coins d'une immense plaine, sans cause apparente. Le fléau s'était développé rapidement, non pas en s'étendant dans toute la plaine plantée en blé, mais en suivant une zone absolument rectiligne, large de cent mètres, et partant de l'un des coins de la plaine pour rejoindre, en diagonale, le coin opposé ; plus tard seulement le feu avait gagné toute la plaine.

« Puis d'autres plaines s'étaient incendiées sur plusieurs centaines d'hectares ; tantôt le feu avait progressé en ligne droite, tantôt en dessinant un triangle. Il y avait donc là autre chose qu'un fait dû au hasard, un incendie spontané comme il en éclate quelquefois, puisque le feu semblait tracer sur le sol des lignes, selon un plan préconçu, œuvre d'une intelligence humaine. »

Le « patron » resta songeur, les doigts de sa main droite battant à coups précipités le rebord de son bureau.

« Vous pensez bien, patron, que muni de ces renseignements, je ne fis qu'un saut à l'Intérieur. Je ne vis pas le président du Conseil, qui, vous le savez, a quitté brusquement Paris hier, mais son chef de cabinet me reçut. Comme il ne pouvait nier, il entra immédiatement dans la voie des aveux. Voici ce qu'il me dit : « Il y a huit jours, le président a reçu un premier « avis » à peu près conçu dans le goût de celui que vous apportez là, puis un second, enfin un troisième, ce dernier orné, au sommet, de deux triangles, l'un la pointe en bas et bleu, l'autre la pointe en haut et rouge. Nous avons cru à l'œuvre d'un fou. Alors sont survenus les incendies. Une enquête a été prescrite et le Gouvernement a déjà pris des mesures de précaution qui suffiront, j'en ai la conviction, à éviter le renouvellement de pareils faits.

« — Mais les tracés suivis par le feu ?

« — Ah ! oui ! Mais faut-il croire ce que disent les paysans ? Et puis ne peut-on admettre que le feu ait obéi aux directions que lui imprimait le vent ? Les singulières figures dessinées par l'incendie ne seraient ainsi que le résultat du hasard. Et voilà ! termina Escander, il m'a de plus promis de téléphoner ici dès qu'il aurait de nouvelles informations.

— Vous avez, comme toujours, Escander, parfaitement agi, avec promptitude et intelligence ; je vous remercie. Maintenant, vous allez prendre un avion du journal et filer sur les lieux du sinistre. Je compte sur des articles sensationnels, car tout cela est mystérieux. Allez. »

LE FLÉAU S'ÉTAIT DÉVELOPPÉ RAPIDEMENT, NON PAS EN S'ETENDANT DANS TOUTE LA PLAINE PLANTÉE EN BLÉ...

Escander était parti vingt-cinq minutes après, et le soir même envoyait son premier « papier » qui confirmait les faits.

Le lendemain, vers 3 heures, par des moyens qui ne furent pas connus, le Parlement, les ministres, la Presse, reçurent un « avis » signé « les Radjisraks », exigeant encore la même rançon de cent millions ou menaçant de semblables désastres. On apprenait, presque en même temps, que des incendies faisaient rage dans le Midi de la France. Cette fois, la catastrophe était d'une autre envergure, car des habitations avaient été atteintes par le fléau et il y avait de nombreuses victimes.

Un télégramme, lancé par Le Sauter, rédacteur en chef du *Monde*, à Escander, toujours à Chartres, envoya celui-ci sur les lieux de la nouvelle catastrophe.

Les nouvelles que fit parvenir le reporter étaient graves. Beaucoup de femmes et d'enfants avaient péri. Le feu avait éclaté en plusieurs endroits à la fois et aucune trace des incendiaires n'avait pu être relevée. Ceux qui avaient vu de près la catastrophe étaient unanimes à déclarer qu'ils avaient senti « comme une vague de feu » et avaient été aussitôt saisis par l'asphyxie. La plupart des grands vignobles étaient détruits.

Le doute n'était plus permis. Force était de reconnaître l'existence d'une puissance formidable et mystérieuse avec laquelle il allait falloir compter.

Par une nouvelle note, cette puissance accordait un dernier délai de quarante-huit heures pour le paiement du tribut réclamé. Sans quoi, Paris subirait, à son tour, les effets de sa colère.

Paris menacé, les choses prirent une autre tournure.

Très compatissant pour les malheurs d'autrui, ayant facilement et généreusement la main à la poche, il n'admet pas pour lui-même qu'une question d'argent puisse empêcher de liquider une affaire fâcheuse ou soit une entrave à sa quiétude. Paris se fâcha, se fit grondeur, la panique s'en mêla, la Bourse fut influencée.

Dans un conseil qui eut lieu à l'Elysée à dix heures du soir, le ministre de l'Intérieur mit le président de la République et les autres ministres au courant des conditions stipulées dans la première note, qu'on avait prise pour l'œuvre d'un fou. La Presse, le Parlement, le public ignoraient encore ces conditions.

La somme de cent millions, constituée en or et en billets de banque, devait être remise dans des conditions permettant aux destinataires de rester inconnus ; des menaces de terribles représailles étaient formulées pour le cas où les autorités tenteraient de découvrir l'association qui s'appelait elle-même « Radjisrak ».

« Ainsi, dit le ministre de la Guerre au milieu du silence général qui avait suivi ces déclarations, ainsi la France est à la merci d'une poignée de malfaiteurs ! »

Le ministre de l'Intérieur eut un geste de découragement.

« Nous avons, dit-il, attendu, croyant d'abord à une plaisanterie, puis à l'existence d'une bande de vulgaires incendiaires, mais une enquête sérieusement et rapidement menée ne nous laisse plus de doute : nous avons affaire à une force mystérieuse au service d'inconnus que nous sommes actuellement incapables de combattre.

— C'est piteux, dit le ministre de la Guerre.

— J'en conviens, concéda le ministre de l'Intérieur ; mais, mon cher collègue, si je vous disais : « Allez combattre et réduire ceux qui se cachent sous ce nom de « Radjisraks », que feriez-vous ?

— Je les chercherais...

— Et, pendant ce temps, la France brûlerait de bout en bout. »

Le ministre de la Guerre se tint coi, mais haussa les épaules.

« M. le président du Conseil, questionna le président de la République, comment cette somme devrait-elle être remise ?

— Voici, M. le Président. La somme totale doit être enfermée dans un auto-camion de l'armée, scellé, puis conduite dans la forêt de Senonche, à la limite de l'Orne, à la patte d'oie du Sénéchal, et abandonnée là, seule, sans surveillance d'aucune sorte. On l'enlèvera au cours de la nuit.

— Mais alors, rien n'est plus facile que de prendre ces bandits, fit remarquer avec véhémence le ministre de la Guerre ; chargez-m'en, et c'est chose faite. »

Le ministre de l'Intérieur, interrogateur, se retourna vers le président de la République :

« Est-ce votre avis, M. le Président ?

— Quel est le vôtre, mon cher ministre ?

— Mon avis est d'obéir, M. le Président. Le danger qui se dresse devant nous est double. D'une part, les bandits qui nous rançonnent ; d'autre part, la population prête à s'affoler. Les bandits inconnus ne sont pas des gens à se laisser prendre bénévolement. Il faut croire, au contraire, qu'ils sont certains de l'impunité et ont les moyens de déjouer toutes nos tentatives. Si nous dressons une embuscade autour du camion automobile, si nous faisons suivre ce camion, ils l'abandonneront plutôt que de laisser suivre leurs traces, et déchaîneront, en guise de représailles, une nouvelle série de catastrophes. Voilà ce que je prévois et voilà pourquoi, soucieux d'épargner à mon pays de nouveaux sinistres, de nouvelles pertes en vies humaines, j'incline à croire qu'il faut obéir, si dur que cela soit. Si M. le président de la République estime qu'un autre ministre n'hésiterait pas à affronter le péril, je suis prêt à déposer entre ses mains mon portefeuille. »

Il y eut un silence, après un geste du président de la République qui semblait repousser loin de lui une pareille responsabilité.

Le débat était clos.

« Comment entendez-vous faire parvenir à ces gens le consentement de la France ? questionna le président de la République.

— Par un marconigramme lancé de la Tour Eiffel et comportant ces deux mots : « France consent. »

— Quel scandale ! Quelle honte ! » dit le ministre de la Marine.

Un lourd silence accueillit cette remarque indignée. Chacun de ceux qui assistaient au conseil sentit qu'en effet il était scandaleux, honteux même pour un noble pays, sorti victorieux de tant de luttes, d'obéir à une poignée d'aventuriers ; mais le langage si clair, si net, si précis du ministre de l'Intérieur résonnait encore aux oreilles de tous et ne permettait de suggérer aucune autre solution raisonnable.

A 1 heure, la Tour Eiffel lança dans la nuit les deux mots qui sanctionnaient la défaite de la France.

A 1 h. 30, un camion cadenassé et scellé sortait de la Banque de France, conduit par deux hommes. Il gagna rapidement la route de Chartres et de là, par un crochet, la forêt de Senonche, où il arriva à la patte d'oie ; là, comme l'ordre en avait été donné, les deux hommes laissèrent la voiture, ses phares allumés, et prirent place dans une autre auto qui suivait la première depuis Paris ; cette voiture, faisant demi-tour, reprit la route de la capitale.

Vingt minutes après son départ, deux hommes vêtus en automobilistes, les yeux cachés par de larges lunettes, sortirent d'un taillis. Ils éteignirent les phares, visitèrent en détail la voiture à l'aide de petites lanternes de poche, se rendirent compte du niveau de l'essence et retournèrent dans le buisson dont ils étaient sortis, chercher des bidons à l'aide desquels ils firent le plein, puis les phares furent allumés, les deux hommes mirent la voiture en marche et gagnèrent la lisière de la forêt. Là ils éteignirent les phares et l'auto s'enfonça dans la nuit — une nuit noire pleine de nuages orageux.

II

LE FLEAU SUR LE MONDE

Au lendemain de ces faits, la France sentit combien sa défaillance avait été grande, et l'opinion publique, tranquillisée, se retourna contre ceux qui avaient obéi à l'ordre mystérieux. Son sentiment de mécontentement aurait d'ailleurs été le même si, par un refus péremptoire, les gouvernants eussent déchaîné de nouvelles catastrophes. Il faut dire d'ailleurs que la presse mondiale ne fut pas étrangère à l'éclosion de ce sentiment. Sous ses condoléances, l'ironie, cruelle, sanglante, se faisait jour. Quelques-uns de ses organes allaient jusqu'à demander ce qu'était devenue la France de 1914 et de 1918, l'accusant presque d'avoir été la dupe d'une bande très vulgaire d'incendiaires et de meurtriers. Les journaux allemands donnaient le ton à ce concert.

Mais soudain une dépêche, une simple dépêche, mit fin brutalement à ces commentaires et ramena le monde à une plus saine compréhension des choses.

L'Italie était sommée, à son tour, d'avoir à verser cent millions, dans des conditions identiques à celles qui avaient été imposées à la France.

Cette fois, l'incrédulité n'était plus permise, et le jour même où cette dépêche avait été transmise par l'*Havas*, Escander filait vers la péninsule. Son premier article fut passionnant ; nous le transcrivons ici :

« Il y a trois jours, un petit pâtre, qui faisait paître ses chèvres aux flancs des Alpes liguriques, ne se doutait pas qu'il allait assister à une sorte de répétition des catastrophes que menacent de déchaîner les mystérieux bandits.

« L'air était limpide et chaud, sous un ciel radieux ; à peine si une brise légère agitait les feuilles ; des parfums flottaient. Les cigales lançaient leur chant strident, et le pâtre se sentait confusément pénétré d'une joie profonde et tranquille qu'il n'aurait pu expliquer.

« Tout à coup, sur une bande parfaitement définie et pouvant avoir quatre kilomètres de long sur deux cents mètres de large, le ciel s'obscurcit. Ce fut comme une tache noire ou presque noire qui s'étendit et parcourut lentement l'azur — qui continuait de rester pur tout autour de cette tache insolite.

« Alors, seulement, au bout de quelques minutes, le phénomène se produisit.

« Sous l'ombre qui s'étendait ainsi, sans qu'on pût voir le corps qui la produisait, l'atmosphère se condensa, et de ce nuage factice commença de tomber une neige légère, à laquelle succédèrent de petits glaçons. Le pâtre, épouvanté, grelotta, les chèvres bêlèrent et cherchèrent vainement un

« Le pâtre, poussant son troupeau, affolé comme lui-même, descendit dans la vallée, récitant précipitamment des prières à la Madone et tenant son scapulaire serré contre sa poitrine.

« LE PATRE, POUSSANT SON TROUPEAU, AFFOLÉ COMME LUI-MÊME, DESCENDIT DANS LA VALLÉE »

refuge ; puis, toujours sans cause apparente, le phénomène cessa brusquement. La tache sembla se rouler sur elle-même et le pâtre, de plus en plus terrifié, sentit que la température redevenait douce. Du phénomène, il ne resta qu'un sol mouillé, un peu de neige au creux des troncs, aux fins bouts des branchettes, puis cela même disparut.

« A la même heure, le lendemain, on apporta au roi un étrange message, venu d'un point ignoré, par la T. S. F.

« Ce message aux sources mystérieuses, je n'en connais pas le texte qui est maintenu secret, mais on peut conjecturer que, rappelant les sinistres qui viennent de désoler la France, il menace l'Italie et lui réclame sa rançon.

« Si l'on confronte les heures et les dates, on s'apercevra que ce message a été envoyé au roi le lendemain du jour où le pâtre a été le témoin du phénomène qui l'a épouvanté. On peut donc émettre l'hypothèse que le berger a assisté à un essai d'application du nouveau pouvoir malfaisant que possèdent les bandits, car, cette fois, ce n'est pas le feu qu'ils ont employé, le feu aux flammes mordantes, mais le froid, le froid terrible, meurtrier, dévastateur.

« Le mot d'ordre étant : silence à tout prix, le peuple fut laissé dans l'ignorance des faits. On les dissimula même avec un soin particulier.

« Une grande fête était annoncée et préparée depuis longtemps à Civita Vecchia. La reine et les enfants royaux devaient y assister, et de fait ils y assistèrent.

« Partout l'heureuse ville était en joie. Des orchestres, des chanteurs, de belles jeunes filles aux jupes voyantes, aux rires sonores, des hommes beaux comme des marbres antiques, la veste sur l'épaule, s'avançaient dans les rues. Sur le Corso, les équipages luxueux, décorés de fleurs, remplis de jolies femmes, passaient au milieu du peuple qui leur jetait des mimosas, des roses et des lys. Un soleil de feu épandait sur cette joie bruyante la magie de sa lumière ; au loin, bleue comme le ciel, la mer chantait sur son rivage.

« Le soir, devait avoir lieu une grande redoute au Kursaal, un feu d'artifice sur la mer. Toute cette foule en liesse fut dispersée d'un seul coup.

« Sur le peuple en fête, ivre de la joie de vivre, un nuage noir s'étendit soudain, interceptant les rayons solaires ; puis, couvrant toute la partie de la ville où se déroulait la fête, le phénomène s'accrut rapidement, un souffle de vent froid passa comme une trombe, semant la stupéfaction, la peur, puis la panique. Au delà du périmètre menacé, la foule stupéfiée pouvait constater que rien ne paraissait changé ; le soleil, l'ardent soleil continuait de briller, les fleurs de resplendir.

« La large tache noire qui se découpait dans le ciel sembla descendre, tomber lentement sur la ville, comme une chape de plomb qui eût amené soudain avec elle un froid terrible jusqu'alors inconnu dans cette région bénie. Les fontaines gelèrent, les fleurs se flétrirent instantanément sur leur tige, les arbres perdirent leurs feuilles et se couvrirent de givre, puis la neige, une neige légère comme un vol de papillons, se mit à tomber, des glaçons fins et piquants comme des aiguilles suivirent, augmentant encore le froid mortel.

« On sait que, depuis une douzaine d'années, un grand sanatorium pour tuberculeux a été construit à Civita-Vecchia par les soins de richissimes Américains. On sait que ce Palace qui recèle tout ce qu'une civilisation raffinée comporte de luxe et de confort s'élève au fond d'un parc qui, à lui seul, est une véritable merveille. On sait aussi que dans ce paradis dolent, les malades, grâce aux soins entendus dont ils sont l'objet, grâce à une méthode nouvelle de combattre cette terrible maladie, recouvrent, même au troisième degré du mal, leur santé pour toujours raffermie. Au moment où éclata le cataclysme, le sanatorium contenait six cents pensionnaires. La moitié fut fauchée du coup, d'une façon foudroyante, en quelques heures.

« En proie à une appréhension irraisonnée, la foule craignit une catastrophe violente comme celles qui désolèrent la Sicile ; le phénomène apparut à beaucoup comme une sorte d'avertissement, comme l'annonce d'une secousse terrestre épouvantable.

« La reine, malgré ses protestations, fut jetée, avec les enfants royaux, dans un train formé en hâte.

« La foule, cédant à la peur, se précipita dans les églises. Quand elles furent pleines, elle se rua à genoux sur les parvis. On entendit des femmes confesser tout haut leurs fautes. Des hommes, citadins aussi bien que paysans ou marins brûlés par le soleil, tannés par les vents du large, montrèrent la même terreur confinant à la folie.

« Ailleurs, c'était la fuite éperdue. J'ai vu, au coin des rues Garibaldi et Saint-Janvier, s'écraser l'un contre l'autre deux courants de fuyards. On a ramassé là cinquante cadavres et plus de cent blessés. Ce fut atroce. »

La première dépêche d'Escander s'arrêtait là. Dans la journée du surlendemain, il en arriva une autre. La voici :

« Rome,

« C'est fini. L'Italie a capitulé. Mais laissez-moi reprendre mon récit au point où je l'ai laissé. Vous comprendrez mieux pourquoi le gouvernement italien fut coupable à l'origine en gardant le silence, et pourquoi il le fut encore davantage en refusant de payer la rançon dès la première sommation : ce qui s'est passé en France aurait dû cependant lui ouvrir et les yeux et les oreilles. Le phénomène qui ravagea Civita Vecchia dura exactement deux heures. Ce peu de temps suffit pour détruire toute vie végétale, et pour semer le deuil dans tous les quartiers de la ville.

« Quand la terrible chose prit fin, il sembla que l'un des bouts du grand nuage funèbre se roulait vers l'autre bout. Les gens qui gardèrent assez de sang-froid durant ces minutes affolantes, déclarèrent ensuite que le nuage ne fut plus bientôt qu'une étroite bande obscure, libérant peu à peu le ciel qui reprit sa splendeur première. Le soleil fit fondre neige et glace ; les gens, sortant comme hébétés de ces ténèbres glacées, reprirent peu à peu le sens de la vie, et rien ne serait resté de ces deux heures tragiques, si les cadavres ramassés un peu partout n'en avaient attesté l'existence.

« Turin, Milan, Bologne, furent soumises aux mêmes rigueurs ; mais à Bologne, afin qu'on connût sans doute toute leur puissance, les bandits se servirent, comme en France, de la chaleur, et la ville fut presque entièrement consumée.

« Un second message, envoyé par la puissance occulte qui détenait à son gré les extrêmes rigueurs du froid, aussi bien que celles du feu, mais adressé cette fois, par l'entremise des journaux, au peuple italien tout entier, annonça que le tour de la Ville Eternelle était arrivé.

« Le *Popolo Romano* ouvrit une souscription publique pour aider le gouvernement en cette passe difficile, et celui-ci enfin consentit à capituler.

« C'est ainsi que l'Italie a été délivrée. Maintenant, à qui le tour ? » concluait l'envoyé du *Monde*.

Cette dépêche qui ne laissait aucune place au plus vague et fragile optimisme redoubla la stupeur et l'épouvante.

Les populations terrifiées commencèrent à comprendre que les invisibles ennemis qui menaçaient le Monde étaient et demeureraient insaisissables, que les pouvoirs publics, la force armée, la coalition des puissances, l'effort commun étaient illusoires, et qu'il n'y avait plus qu'à attendre une nouvelle catastrophe ou à se courber sous l'inéluctable.

III

LE TOUR DE L'ALLEMAGNE

Un mois se passa sans qu'on entendît parler des bandits mystérieux. L'Italie pansa ses blessures, et Paris reçut et fêta un rajah qui faisait son tour d'Europe. Ce souverain, descendu avec une suite nombreuse dans un palace, traînait derrière lui toute la magie de l'Inde, comme il semblait aussi en posséder toutes les richesses. Il fut bientôt la coqueluche de Paris, qui oublia un peu, grâce à lui, les transes par lesquelles il venait de passer.

Ce rajah fastueux, aux vêtements splendides, avait un sourire aimable et des yeux cruels. D'ailleurs, il était beau. Il s'appelait Tocra-Dasi-Pal.

Escander avait demandé à entretenir les lecteurs du *Monde* des faits et gestes de ce potentat. Cela, avait-il dit, le reposerait des horreurs qu'il venait de voir en Italie.

Le jour même où Tocra-Dasi-Pal devait assister à une revue sur le terrain de Longchamps, tomba sur Paris, comme un coup de foudre, la nouvelle que l'Allemagne, elle aussi, venait d'être rançonnée.

Von Herbert, président du « Reich », convoqua immédiatement le conseil des ministres, lequel arrêta que, sans attendre d'autres sommations, l'Allemagne consentait à entrer en pourparlers avec les maîtres du feu et du froid. Un marconigramme rédigé dans ce sens fut lancé aux quatre points cardinaux.

Escander, de mauvaise humeur, dut boucler sa valise et prendre le chemin de Berlin. Ce qui l'irritait, c'était que, selon lui, l'Allemagne ne faisant pas d'opposition, les choses se passeraient très gentiment et que sa présence sur les bords de la Sprée était parfaitement inutile.

Ce en quoi il se trompait lourdement. L'Allemagne fut déçue dans ses espérances, et cela par suite d'un petit fait : le marconigramme ne fut pas capté par les Radjisraks, grâce à l'imbécillité de l'employé chargé de le transmettre. Celui-ci n'employa que de petites ondes, au lieu d'utiliser celles de la plus grande puissance.

Le lendemain, von Herbert reçut un second message lui donnant impérativement l'ordre de se rendre le soir même à 18 h. 30, à Stettin-sur-l'Oder. Le message se terminait par ces mots : *Notre présence vous sera révélée.*

Devant cette énigmatique communication, le président du « Reich », croyant que les Radjisraks étaient en possession du consentement de l'Allemagne, décida qu'il irait à ce rendez-vous.

A 18 h. 30, alors que le président et un ministre, arrivés *incognito*, attendaient à l'hôtel de ville les événements, ceux-ci se manifestèrent d'une façon tout à fait imprévue.

La terre fut comme secouée d'une sorte de frisson interne qui fit chanceler les édifices sur leur base. Ce premier phénomène dura le temps qu'un éclair met à briller. Puis une explosion formidable se produisit. Une gerbe de feu immense, couronnée d'un panache de fumée noire, s'éleva vers le ciel, où, quelques minutes auparavant, une sorte de nuage étrange avait été remarqué. Le déplacement d'air fut si prodigieusement puissant que les vitres des fenêtres de toutes les maisons volèrent en éclats. Le président et son ministre furent lancés dans le fond du salon qu'ils occupaient ; des fragments de pierre tombèrent partout, faisant des victimes, puis l'explosion première fut suivie de plusieurs autres ; tous les grands bâtiments des usines où se fabriquaient clandestinement des armes et des munitions sautèrent les uns après les autres.

Cela dépassait tout ce que l'imagination humaine pouvait concevoir. Le deuil et la consternation enveloppèrent la ville. Heureusement, l'explosion avait eu lieu peu après l'heure où les ouvriers quittent le travail. On n'en compta pas moins un millier de victimes, tant parmi le personnel des usines que parmi les passants des rues.

En hâte, le président et le ministre revinrent à Berlin après avoir visité les lieux du sinistre. Un tremblement de terre n'aurait pas fait pire besogne. De l'enquête rapide qu'ils ouvrirent eux-mêmes, ils ne purent tirer aucune certitude sur l'origine des explosions.

Les gens interrogés furent unanimes à déclarer que, un peu après 18 heures, la température était montée tout à coup d'une façon insolite. L'un des témoins raconta que, voulant ramasser un outil à terre, il en avait trouvé le métal plus brûlant que s'il fût resté exposé au soleil d'août toute une journée ; il dut le lâcher.

La première explosion, racontait-on, avait été celle d'un gazomètre et elle avait provoqué les autres.

Du fait de cette explosion, et, ajoutait-on, par suite de la présence du « rayon ardent » — car on croyait avoir affaire à un rayon mystérieux — toutes les plantes étaient mortes sur une étendue de cinq kilomètres carrés.

Un nouveau marconigramme fut lancé, composé seulement de ces deux mots : « Allemagne accepte ».

Et le soir même, l'Allemagne, comme la France qu'elle avait insultée à propos de ce qu'elle appelait « une lâcheté qui ne sera jamais dépassée », comme l'Italie qu'elle avait plainte plus ou moins sincèrement, l'Allemagne payait sa rançon de cent millions de marks or et les livrait dans les mêmes conditions que la France et l'Italie avaient livré les leurs.

Escander rentra à Paris. Il se borna à narrer, avec la couleur et le relief dont il avait le secret, les terribles événements dont il avait été le témoin, joignit les siennes aux hypothèses déjà émises, mais n'apporta pas plus de lumière que les autres sur le mystère qui terrifiait le monde et faisait vivre chacun dans l'angoisse.

IV

UN LAC BOUILLANT

L'accalmie ne devait pas durer plus de deux mois.

L'humanité apprit un soir que les Etats-Unis étaient taxés à leur tour ; mais, soit que les bandits fussent enhardis par leurs premiers succès, soit qu'ils rançonnassent les pays selon la faculté financière de ceux-ci, cette fois la somme exigée fut de cent millions de dollars.

Le gouvernement de Washington ne voulut pas baisser la tête. L'aigle qui planait dans un champ d'étoiles ne pouvait tolérer un pareil outrage. Le gouvernement refusa tout net — et les journaux américains s'en applaudirent — de souscrire à une mise en demeure si humiliante.

A l'ultimatum, toujours le même, il répondit par une action énergique. Des corps de volontaires s'organisèrent partout ; les flottes prirent la mer, guettant le ciel et l'eau ; on dirigea, un peu partout, des pièces d'artillerie contre avions et des fusées-torpilles, car on avait maintenant la certitude que le danger venait du ciel. De leur côté, les savants, les ingénieurs se réunirent en deux congrès, pour mettre en commun leurs observations et leurs idées sur les meilleurs moyens à employer pour combattre le fléau. Tout cela avait été décidé et exécuté dans les vingt-quatre heures. Cette fois, l'ultimatum admettait, avant la réponse définitive, un délai de trois jours.

Le deuxième jour, le congrès des savants, ainsi que celui des ingénieurs, se déclarèrent dissous, reconnaissant qu'en l'état actuel des sciences, ils ne pouvaient combattre un ennemi invisible disposant d'armes mystérieuses. C'était une première faillite ; depuis le premier des politiciens, des financiers, des hommes d'affaires de Chicago, de Washington et de New-York, jusqu'au dernier des cow-boys des solitudes de l'Arkansas, on considéra cette impuissance comme une défaite. Il restait la lutte, et là les Etats-Unis n'étaient pas encore vaincus.

La première manifestation des Radjisraks se produisit en Georgie, au nord d'Atlanta. Deux batteries de pièces à longue portée et un poste de fusées-torpilles avaient été établis là.

Cinquante ans avant le jour où se déroulèrent les phases de cette attaque, des ingénieurs avaient construit sur un cours d'eau un énorme barrage, ouvrage vraiment cyclopéen, qui avait créé un lac artificiel d'une immense étendue. De ce lac partaient des canaux irriguant la campagne, et ainsi, grâce à lui, des millions d'hectares étaient fertilisés.

Le troisième jour, à midi — ce qui fit supposer que les maîtres du froid et du feu voyaient ce qui se passait à terre et savaient en tirer profit — les deux batteries, cependant camouflées, et le dépôt des fusées-torpilles sautèrent, sans qu'on vît rien qu'un petit point noir dans le ciel. Les hommes qui devaient assurer le service de ces engins furent tous tués. Alors le petit point noir du ciel grandit, une vague de chaleur commença à se faire sentir, puis elle augmenta à mesure que le nuage prenait plus d'importance. Immédiatement la T. S. F. et le téléphone, le télégraphe même, vieux mode de correspondre presque tombé en désuétude, marchèrent. Immédiatement aussi des aéronefs militaires d'une rare puissance d'action furent envoyés de Washington.

Le nuage, après s'être abaissé, parcourut une faible distance, s'arrêta au-dessus du lac et s'immobilisa ; il pouvait être 2 heures.

La population épouvantée songea d'abord à pourvoir à sa sécurité : les caves, bien peu nombreuses, furent prises d'assaut ; le couteau et le revolver assurèrent leur accès aux plus résolus. D'autres prirent la fuite par les trains qui furent envahis, par auto, par voiture, par cheval même.

Sur une route, un clergyman en redingote, nu-tête, tenta de s'opposer à cet exode. Parlant au nom d'un Dieu vengeur lassé par les péchés du monde, il annonça la fin de celui-ci ; il prêcha le renoncement et l'obéissance aux décrets d'en haut ; parfois sa voix dominait le bruit de la foule.

« Il est lassé, le Seigneur ! Sa justice s'abat sur le monde. La race de vipères va disparaître. Que le nom du Très-Haut soit vénéré dans sa colère ! Et vous, tourbe de pécheurs aux oreilles closes, rentrez en vous-mêmes. Frappez-vous la poitrine, tombez à genoux au lieu de fuir pour sauver une misérable existence promise à son courroux. Les temps sont révolus ! Les temps sont révolus ! »

Mais la foule passa outre, et le clergyman fut emporté finalement comme un fétu. On le retrouva, plus tard, dans la campagne, les vêtements arrachés, un œil pendant sur la joue, et absolument fou.

Les avions partis de Washington arrivèrent, cherchant l'ennemi, mais ils eurent le malheur de passer sous le nuage noir ; ce fut une faute qu'ils payèrent de leur existence : tous s'abîmèrent en flammes sur le lac ou ses berges.

Au soir, les vivants qui restaient encore en ville, terrés dans quelque trou dont ils sortirent pour un instant, virent avec épouvante s'élever du lac une énorme vapeur, qui formait au-dessus de lui un nuage vite résorbé, mais, à partir de ce moment, il fut impossible d'approcher, à moins d'un mille, de la zone soumise directement au fléau.

Les arbres s'allumèrent, énormes torches qui flambèrent dans la nuit.

Des maisons s'incendièrent, communiquant le feu à d'autres. Le surlendemain, l'eau du lac se mit à bouillonner, et peu à peu, puis ensuite très rapidement, l'eau s'évapora. L'immense nappe d'eau disparut, la boue du fond apparut et se fendilla, comme le sont les terrains soumis perpétuellement à une très forte chaleur solaire. Par la suite, il fallut plus d'une année pour réparer les travaux d'art et remplir la cuvette.

La terre, privée d'eau, redevint stérile, et ne fut plus qu'un désert où errèrent de pauvres créatures pâles et faméliques.

Trois jours après son arrivée, le nuage disparut au cours de la nuit.

Mais les Etats-Unis devaient connaître d'autres infortunes. Dans le Texas, des champs de blé, des plantations de cotonniers de plusieurs milles d'étendue, des puits de pétrole s'enflammèrent.

Puis il y eut une courte trêve au cours de laquelle les Radjisraks firent savoir qu'ils accordaient un répit de vingt-quatre heures ; passé ce délai, tout New-York serait détruit.

Les Etats-Unis, vaincus, payèrent.

V

OU LA SILHOUETTE D'UNE JEUNE FILLE APPARAIT

Ce matin-là, Escander comme tous les matins, arriva au ministère de l'Intérieur, en quête des informations quotidiennes; il traversa le petit salon d'attente et se dirigea vers l'huissier qui gardait l'antichambre du chef de cabinet.

Ce brave homme, en voyant le

journaliste, eut un sourire; il se leva et, ouvrant une porte, disparut une seconde. Cette seconde permit au reporter de jeter un coup d'œil sur les gens qui attendaient leur tour d'être introduits. Il y avait là la clientèle ordinaire : solliciteurs, candidats à des places promises jamais données, troupeau lamentable qui représente toutes les misères ; mais, parmi cette petite foule, une jeune fille fixa l'attention d'Escander.

Elle se tenait debout près d'une fenêtre.

Grande, élancée, elle avait l'air d'une de ces statues grecques en lesquelles l'harmonie des formes s'unit à celle du geste. Des yeux splendides, aux regards intelligents et un peu mélancoliques, éclairaient la pâleur chaude de son visage aux lignes calmes, et que couronnait un admirable casque de cheveux noirs, fins et souples.

« Que diable vient faire ici cette jeune fille ? Qu'y vient-elle solliciter ? » se demanda le journaliste ; mais il n'eut pas le temps de se poser une autre question : l'huissier, ressortant, lui fit signe qu'il était attendu.

Le reporter entra, la porte fut refermée.

« Bonjour, mon cher, lui dit le chef de cabinet.

— Bonjour, d'Auria, répondit Escander ; quoi de neuf ?

— Des riens, des broutilles. »

Escander prit quelques notes, puis, quand il eut terminé :

« Vous avez là, dans le salon d'attente, une jeune fille admirable.

— Serait-ce ma folle ?

— Quelle folle ?

— Une femme qui dit connaître les origines de la puissance des Radjisraks. Cela fait au moins le ou la centième « piqué » qui nous offre, à des prix divers, le moyen de réduire nos terribles maîtres-chanteurs.

— Je serais curieux de voir cette folle, ou plutôt de voir si c'est la jeune fille qui attend dans votre antichambre.

— Je n'ai rien à vous refuser, vous la verrez, mais vous vous engagez,

VINGT MINUTES DEUX ÉTAIENT ASSIS A UNE PETITE TABLE

n'est-ce pas, à ne pas l'attendre à sa sortie ?

— Bien entendu.

— Alors, soyez satisfait. »

Le chef de cabinet appuya sur un bouton et, à l'huissier qui se présenta : « Introduisez Mlle Germaine Laurière. »

D'un signe sténographique, Escander nota ce nom.

La porte s'ouvrit, la jeune fille entra.

« Vous êtes Mlle Laurière ? demanda le chef de cabinet en désignant un siège.

— Oui, monsieur, dit la jeune fille, un peu tremblante, mais qui paraissait néanmoins résolue ; mais c'est à M. le ministre que je voudrais avoir affaire.

— Pardonnez-lui, mademoiselle, dit d'Auria avec une ironie qui n'échappa pas à Escander, mais il est occupé et m'a chargé de vous recevoir. »

Germaine Laurière eut un mouvement de tête qui pouvait être interprété comme un signe de regret et prit le siège qu'on lui avait désigné.

APRÈS, TOUS DANS UN RESTAURANT DES CHAMPS-ÉLYSÉES

Sans un mot, d'Auria tendit la main à Escander. Celui-ci comprit que c'était un congé poli. Il salua la jeune fille et s'en alla.

Mais le journaliste était trop adroit et trop averti pour laisser ainsi derrière lui les chances d'un reportage quelconque.

« Si c'est une folle, pensa-t-il, un écho, dix lignes bien troussées feront l'affaire ; si c'est sérieux, on verra. J'attends. »

Il gagna l'allée qui conduit à la place Beauveau et fit les cent pas en fumant une cigarette.

Son attente ne dépassa pas vingt minutes.

La jeune fille apparut, un peu rouge, marchant vite. Escander la laissa venir, puis, quand elle ne fut plus qu'à un pas, il se découvrit.

« Mlle Germaine Laurière, dit-il.

— Oui, monsieur, fit la jeune fille interdite.

— Voulez-vous me permettre, mademoiselle, de vous demander un moment d'attention ? Vous sortez de chez M. d'Auria, chef du cabinet du ministre de l'Intérieur ; vous êtes venue pour lui communiquer une chose importante. »

La jeune fille le regardait, stupéfaite.

« Et, bien que cette chose fût importante, le chef de cabinet, qui est un bon garçon, vous a remerciée des précieux documents que vous lui apportiez et vous a congédiée en vous assurant qu'on vous écrirait.

— Mais, monsieur...

— Est-ce cela ? »

La jeune fille baissa la tête.

« Ne me croyez pas sorcier, mademoiselle, je vous en prie, ajouta le reporter en souriant, mais je connais la maison ; ça s'est toujours passé comme ça et rien n'y pourrait changer quelque chose. Maintenant, permettez que je me présente : je m'appelle Paul Escander, et suis informateur au journal *Le Monde.* »

A ce nom, la jeune fille leva les yeux.

Depuis la célèbre affaire de l'aérobagne 32, le nom du journaliste qui l'avait débrouillée était célèbre, universellement répandu. Germaine connaissait l'homme et l'œuvre qu'il avait accomplie ; elle le regarda avec plus de confiance.

« Faisons quelques pas, voulez-vous ? J'ai idée qu'à nous deux nous allons peut-être changer la face du monde. »

Un peu subjuguée, obéissant aussi au secret besoin de confier la peine qu'elle avait ressentie de la réception qui venait de lui être faite, la jeune fille obéit.

Escander l'entraîna par l'avenue Marigny vers les Champs-Elysées, tout en parlant.

« Vous êtes jeune, mademoiselle, partant pleine de confiance, et vous vous êtes dit avec raison que, détentrice d'un secret, on vous serait reconnaissant de le divulguer, dût-il n'apporter qu'une faible lumière dans les ténèbres où se débat l'humanité ; mais les choses se sont passées autrement, et vous avez été reçue comme le sont tous ceux qui dérangent la sainte routine accroupie dans sa poussière. Il faut, pour remuer ces gens-là, un moyen, toujours le même : faire du bruit, émouvoir l'opinion publique, et qui, mieux qu'un journal, peut le faire ? Si vous avez quelque chose de sérieux à dire, si la démarche que vous avez faite est justifiée, je mets, mademoiselle, le journal *Le Monde* à votre disposition. »

Sans s'en rendre exactement compte, Germaine Laurière se laissait convaincre par cette franchise et, avec ses qualités de pénétration, Escander ne tarda pas à s'en apercevoir.

« Etes-vous très pressée, mademoiselle ?

— Non, monsieur, j'ai jusqu'à ce soir. Je dois reprendre le train de 6 heures pour Provins.

— C'est à voir, » dit Escander, à part lui ; puis, plus haut : « Voici qu'il est près de midi, l'heure où, toute affaire cessante, j'ai la fâcheuse habitude de déjeuner, et je vous avoue que les Radjisraks eux-mêmes ne m'en détourneraient pas. Vous allez me faire l'honneur et le plaisir de déjeuner avec moi. Oh ! très modestement, et nous pourrons parler en toute sécurité de ce qui vous a amenée de Provins à Paris. »

Germaine avait été élevée dans une grande indépendance ; elle savait qu'une jeune fille peut accepter une pareille invitation, quand elle est faite par un homme bien élevé. D'ailleurs, elle avait confiance en cet homme aux regards francs et droits.

« J'accepte, dit-elle. Peut-être, monsieur, est-ce la Providence qui vous a mis sur ma route. »

Escander eut un sourire. Comme il était modeste, il ne dit rien, mais, *in petto*, il brûla un cierge à sa sagacité.

Vingt minutes après, tous deux étaient assis à une petite table, dans un restaurant des Champs-Elysées. Là, Escander était connu et choyé : il composa un menu délicat et laissa la jeune fille y faire honneur.

Quand la glace fut tout à fait rompue, Germaine parla.

VI

UN FRAGMENT DE MANUSCRIT

« Je suis actuellement, dit Germaine Laurière, professeur de sciences au collège de Provins, petite situation dont je me contente. Je vis là, avec ma mère. J'ai perdu mon père toute jeune; mes appointements et une petite rente nous permettent de vivre heureuses. »

Escander s'inclina.

« Mais, continua Germaine, ce n'est

pas ma vie présente qui vous intéressera; en revanche, ma vie passée vous apprendra pourquoi je suis venue à Paris, comptant y être entendue. Au temps où je préparais ma licence à la Sorbonne, j'avais compris que la nature de nos ressources ne nous permettrait pas une très longue attente, et que les frais nécessités par mes études excéderaient de beaucoup nos moyens. Je me rendais aussi compte des difficultés de la vie et je voulais m'armer pour les aborder et les vaincre. Je cherchai et, comme j'étais déjà d'une certaine force en chimie, je finis par trouver une place de préparatrice assez bien payée, chez un chimiste déjà célèbre ; le soir, je continuais à travailler pour moi.

— Je voudrais vous demander quelque chose, mademoiselle.

— Quoi ?

— Une poignée de main. »

Germaine rougit légèrement, hésita, puis franchement, avec un sourire, tendit au jeune homme une main fine et blanche.

Le jeune homme la serra vigoureusement, comme il aurait serré la main d'un camarade. Le geste fut heureux, car il libéra la jeune fille de ses dernières contraintes. Elle continua :

« L'homme chez qui j'entrai s'appelait Jacques Lambert : peut-être avez-vous entendu parler de lui ? »

Escander secoua négativement la tête.

Germaine continua.

« C'était un être inquiétant que cet homme courbé sur ses cornues, sur ses éprouvettes et sur ses formules. Je le revois encore, vêtu de sa longue blouse blanche, faisant ses mélanges, maniant les substances les plus dangereuses, tout en monologuant. Je l'estimais, pour sa valeur, mais je ne l'aimais pas ; il me faisait peur. Il était si rempli de haine !

« La situation qu'il devait à ses travaux ne lui suffisait pas, encore que très appréciée. Il voulait mieux. Il voulait tout, la richesse, les honneurs. Son rêve l'emportait trop facilement vers des sommets dont il lui était amer de redescendre. De là sa haine et ses discours qui m'effrayaient.

« Il menait une étrange existence, toute mystérieuse, disparaissant subitement sans prévenir, ne disant jamais où il se rendait ni ce qu'il allait faire, puis revenait comme il était parti.

« Mais, au lendemain de ces absences inexpliquées, il apparaissait particulièrement fébrile, soupçonneux, inquiet. Cependant, il me prenait volontiers pour confidente de certains travaux. Il m'annonça, un jour, qu'il était sur la voie d'une grande découverte, d'une puissance inouïe, qui pourrait, quand elle serait définitivement mise au point, faire de lui le maître du monde ; mais, pour cela, il lui fallait de l'argent, beaucoup d'argent, afin de mener cette découverte à bonne fin et la faire entrer dans le domaine pratique. Le monde indifférent, le monde stupide apprendrait alors un jour, à ses dépens, ce qu'il en coûte de laisser dans l'ombre un savant comme lui, puisqu'il pourrait alors, lui, Jacques Lambert, si tel était son bon plaisir, détruire les plus puissantes cités, anéantir les nations les mieux armées, sans risques pour lui-même. Il alla même, au cours d'une de ses crises haineuses, jusqu'à dire :

« Le crime est légitime quand il « conduit à une découverte ou quand « il la sert. Le bien peut sortir du mal, « et le médecin qui ferait de la « vivisection humaine pour découvrir « l'origine du cancer serait un bien-

« faiteur de l'humanité... D'ailleurs, « qu'est-ce que l'humanité ? Un ramas- « sis d'imbéciles. Qu'est-ce que la vie « d'un être dont le cerveau n'est ni « une force, ni une clarté ? »

« Je me souviens d'autant mieux de ces propos qu'ils m'avaient profondément troublée, et que, le soir même, je les rapportais à ma mère, qui fut très inquiète.

« Désormais, je me tins avec lui sur une grande réserve, me contentant de le servir, mais fuyant toutes les occasions de susciter ses confidences. J'eus tort, mais, je vous l'ai dit, il me faisait peur.

« J'avais mission de classer ses notes : c'était un esprit très méthodique. Un jour je trouvai, dans les cendres du foyer, un papier en partie détruit par le feu ; j'y jetai les yeux et, je l'avoue, son étrangeté me le fit garder.

« Ce papier, que Jacques Lambert voulait détruire, c'est celui que je voulais soumettre au ministre, parce qu'il autorise tous les soupçons.

— Et vous avez ce papier ?

— Non ; ils l'ont gardé, mais je puis le reconstituer.

— Garçon, cria Escander, vite de quoi écrire. »

Lui-même fit une place sur la table et poussa le buvard devant la jeune fille. Elle ouvrit son sac, en tira un stylographe, et, d'une haute écriture, couvrit la feuille en laissant des blancs dans le bloc de l'écriture, dessinant ainsi, sans doute, les endroits où l'original présentait des solutions de continuité.

Escander avait approché sa chaise et ses yeux attentifs suivaient la plume d'or. Il lut :

Trouvé...
isolant presque parfait
encore un mois ou deux...
que d'argent !...

Je l'appellerai Chrystalopyr. Avec lui... j'épouvante... monde.

Dès maintenant... fixer sur ce papier les caractères, je ne veux pas qu'un journal puisse nier que je sois l'auteur de cette découverte...

... absorbe en quelque sorte la chaleur des corps qui sont à une certaine portée d'une de ses faces. Cette chaleur, traversant la matière, vient alors échauffer ce qui se trouve à une certaine portée de sa face opposée...

Quand Escander eut lu ces lignes, il resta stupéfié ; bien que décousus et incomplets, ces fragments lui ouvraient des horizons immenses.

Si Jacques Lambert ne s'était pas mépris sur la valeur de sa découverte, s'il n'en avait pas exagéré à ses propres yeux la véritable importance, il fallait admettre qu'il avait découvert un corps dont les propriétés étaient susceptibles de provoquer de singuliers phénomènes. Ainsi pensa le journaliste dans la promptitude de son jugement.

Escander, songeur, contemplait cette feuille énigmatique.

« C'est prodigieux, dit-il. Les idiots !... »

Il garda un instant le silence, puis :

« Savez-vous ce qu'est devenu ce Lambert ?

— Je l'ignore.

— Bon, je le retrouverai. En tout cas, mademoiselle, vous avez fait preuve d'une heureuse initiative ; je vous en félicite. Ce papier n'est peut-être que le résultat d'un songe fumeux, c'est peut-être mieux ; nous verrons. Vous allez retourner à Provins où vous attendrez que je vous télégraphie ; je vais rechercher ce

Lambert. Maintenant, dites-moi... êtes-vous ambitieuse ?

— Pas du tout.

— Quoi, vous ne voudriez pas d'une belle chaire de chimie ?

— Si ; si on me l'offrait.

— On ne vous l'offrira pas, mais peut-être vous offrira-t-on les moyens de l'obtenir. Les accepteriez-vous ?

— Oui.

— Bon. Tenez-vous essentiellement à Provins ?

— Je préfère Paris.

— Parfait. Puis-je vous considérer comme une collaboratrice éventuelle ?

— Certainement, si je puis vous être utile.

— Vous le serez. Je crois que nous allons rire. Je vais retourner au journal et rédiger un article dont on parlera. Me permettez-vous d'emporter ce document ? ajouta le journaliste en désignant la feuille qui portait les lignes mystérieuses.

— Certainement.

— Vous êtes délicieuse. Maintenant, en route. »

Escander paya, puis tous deux se retrouvèrent dans les Champs-Elysées.

« J'espère que vous n'êtes pas embarrassée pour tuer le temps et attendre six heures : il y a tant de beaux magasins à Paris, dit Escander.

— J'ai en effet quelques petits achats à faire, dit la jeune fille en souriant.

— Alors, ce soir, à six heures, à la gare ; je vous accompagnerai jusqu'à votre wagon ; en tout cas, je vous écrirai.

— Je voudrais, dit Germaine, après une minute de silence, être laissée dans l'ombre.

— Soyez tranquille, personne ne saura d'où m'est venu ce document. »

Les deux jeunes gens se serrèrent la main, et Escander regarda s'éloigner de son pas souple cette jeune fille qu'il admirait.

VII

DANS LE CABINET DU PRESIDENT DU CONSEIL

Escander ne se trouva pas à la gare. Germaine monta dans son train un peu chagrine ; elle aurait voulu revoir ce grand jeune homme aux yeux clairs, à la parole franche et sympathique, et son voyage en fut attristé.

De son côté, Escander, trop occupé à la rédaction d'un article sensationnel, avait laissé passer l'heure ; mais s'il en éprouva un moment de mauvaise humeur, il l'oublia vite, à l'idée du bruit qu'il allait faire.

A sept heures, il porta son « papier » au rédacteur en chef..

« C'est extraordinaire, dit celui-ci, après avoir lu l'article ; mais, vraiment, mon cher Escander, le romanesque y tient une place trop grande, et mon avis est que cette petite fille prend ses rêves pour des réalités.

— C'est justement ce que disaient les Troyens à propos de Cassandre, » dit Escander.

Le rédacteur en chef fut légèrement vexé, mais comme il tenait essentiellement à son collaborateur, il n'en fit rien voir.

« Soyez tranquille, votre article passera, mais je tiens à ce qu'en deux lignes vous dégagiez la responsabilité du journal ; de plus, je vais téléphoner à l'Intérieur, pour savoir quelle opinion ils ont sur cette affaire. »

Escander eut un geste qui pouvait être de consentement ou de pitié tandis que le rédacteur en chef décrochait l'appareil.

« Donnez-moi l'Intérieur, cabinet du président du Conseil. »

En attendant la communication, il interrogea Escander sur la jeune fille.

Celui-ci en parla en termes assez froids, mais cependant Le Sauter, qui n'était pas un nigaud, eut un léger sourire.

A ce moment, la communication fut donnée.

« C'est vous, M. le président ?... C'est Le Sauter qui parle... Bien, merci... Dites-moi, Escander m'apporte un article extraordinaire à propos d'une jeune fille que vous avez reçue ce matin... Comment ? Ah ! oui, il s'agit d'un savant qui aurait trouvé... Vous y êtes, bien... »

Le Sauter se tut, on n'entendit plus que le grésillement du téléphone.

Quatre ou cinq minutes après, le rédacteur en chef raccrocha l'appareil.

« Mon cher, dit-il à Escander, votre article ne passera pas. Le ministre trouve que, à l'heure actuelle, il est dangereux d'énerver l'opinion publique; il désire vous voir personnellement. Allez-y ce soir. »

Escander, froidement, reprit ses feuillets, les plia et les mit dans sa poche, puis :

« Je vais vous demander deux choses.

— Lesquelles ?

— Un crédit de six cents francs par mois au bénéfice d'une personne que je désignerai, cela pendant six mois ; secondement, sans nuire à ma besogne quotidienne, la faculté de suivre cette affaire, à mes risques et périls, bien entendu.

— Allons, dit Le Sauter, quel terrible homme vous êtes ! Accordé. Mais peut-on savoir quelle est cette personne ?...

— On ne le peut pas... pas encore, du moins.

— Et vous n'avez que l'intérêt du journal en vue ?

— Lui seul me guide.

— C'est entendu. N'oubliez pas d'aller voir le ministre. Au revoir. »

Le ministre de l'Intérieur et le journaliste avaient été camarades de lycée et se tutoyaient. Escander se présenta à 10 heures au cabinet du ministre.

« J'ai demandé à te voir, pour m'excuser d'abord d'avoir coupé les ailes à ton dangereux canard et pour te mettre au courant de certaines choses que tu as intérêt à connaître, mais dont tu ne dois pas parler.

— Dis-moi, ne crois-tu pas qu'il serait temps d'agrandir le boisseau sous lequel vous faites de la politique ?

— Tu es furieux, ça passera. Si tu faisais de la politique... »

Escander haussa les épaules :

« Je la ferais au grand jour.

— Tu vas voir que non. L'Angleterre, avec qui nous avons partie liée, a suggéré l'idée de réunir une grande conférence internationale, afin de mettre en commun les moyens de résistance aux ordres et aux méfaits des Radjisraks. Tu vois que la chose est d'importance et qu'il est inutile, sinon dangereux, de la crier sur les toits. Cette conférence est sur le point de se réunir ; tu seras, avant tout autre, tenu au courant... Je te dois cette compensation, à cause de ton article que Le Sauter, sur ma demande, ne fera pas paraître... Mais crois-moi, ta jeune voyante est troublée par le souvenir de Jeanne d'Arc ; le temps n'est plus où les quenouilles se changeaient en épées. Laisse cette jeune personne tranquille et prépare-toi à boucler tes malles.

— C'est une leçon, un conseil, un avis ? demanda le reporter.

— Ce n'est rien de tout cela ; au reste, tu feras ce qui te plaira, mais, dès maintenant, je vais demander à Le Sauter de ne plus rien publier sur les Radjisraks, que des informations pures.

— Bon. Veux-tu me rendre un service ?

— Tous ceux que tu voudras, à condition que ce soit dans mes moyens. »

Escander sourit. « Ça mon vieux, dit-il, c'est dans tes moyens... A moins que... — Donne-moi un mot pour le ministre de l'Instruction publique : j'ai besoin de faire mettre quelqu'un en disponibilité. »

Le ministre prit une plume, écrivit deux lignes, puis releva la tête :

« Le nom, dit-il.

— Quel nom ? répondit Escander avec candeur.

— Le nom de la personne, homme ou femme que je dois mettre en disponibilité ?

— Malin ! Laisse le nom en blanc, j'en fais mon affaire. »

Le ministre cependant voulait avoir le dernier mot.

« Mais enfin, pour combien de temps ?

— Illimité.

— Sans solde, naturellement ?

— Pourquoi, naturellement, la République est-elle si pauvre qu'elle ne puisse payer deux cent cinquante francs, pendant, mettons six mois, à une personne, homme ou femme, à qui elle demande autant de travail qu'un charretier en demande à son cheval depuis que cette personne, homme ou femme, a eu la malchance d'entrer dans l'administration ? »

Le ministre fut vexé, d'un trait rageur il signa et tendit le papier a Escander.

« Voilà. C'est tout ?

— C'est tout, merci. Au revoir.

— Au revoir... Tu es toujours fâché ?

— Au contraire, très heureux, sincèrement, je t'assure. »

Et Escander s'en alla. Dehors, il alluma un excellent cigare, ce qui, chez lui, était la marque d'une satisfaction parfaite.

De son côté, le ministre fut assez satisfait de l'issue de cette entrevue qu'il redoutait un peu. Il connaissait Escander, il le savait chatouilleux, et assez rude quand il attaquait quelqu'un ou qu'il défendait une opinion qu'il savait fondée. Tout était donc pour le mieux.

A Provins, Germaine Laurière attendait. *Le Monde* ne contenait rien de ce qu'avait annoncé Escander. Un doute affreux traversa l'esprit de la jeune fille. Avait-elle été la dupe de cet homme à qui elle s'était confiée ?

Pendant trois jours, elle fit acheter *Le Monde* et pendant trois jours celui-ci lui apporta une nouvelle déception chaque matin ; mais, ce troisième jour, un petit télégraphiste lui remit une dépêche. Elle était laconique :

« Me présenterai chez vous, à deux heures. ESCANDER. »

Un soupir de soulagement détendit la poitrine de la jeune fille. Elle montra la dépêche à sa mère, et les deux femmes, en proie à des sentiments divers, attendirent avec impatience la venue du jeune homme.

VIII

LA NOUVELLE COLLABORATRICE DU *MONDE*

Après les présentations, Escander expliqua pour quelles raisons son article n'avait pas paru, puis il demanda à la jeune fille la faveur de l'entretenir en particulier.

Germaine le conduisit dans le petit jardin et tous deux suivirent, quittèrent, puis reprirent les allées bordées de buis et de rosiers qui dessinaient leurs courts méandres dans cet étroit espace de terrain tout embaumé.

« Mademoiselle, dit Escander, voulez-vous me permettre de vous poser une question ? Elle vous paraîtra peut-être fâcheusement indiscrète : je ne viens pas vous rendre un service, je viens, au contraire, vous en demander un.

— Parlez, monsieur.

— Combien gagnez-vous à enseigner la chimie et la physique à des jeunes filles qui s'en soucient comme du Grand Mogol ?

— Deux cent cinquante francs par mois.

— Ce n'est pas beaucoup, fit Escander, mais, dans dix ou quinze ans, vous pourrez obtenir les palmes académiques. »

Germaine se mit à sourire.

« Et puis, la vie à Provins ne doit pas offrir beaucoup d'intérêt ?

— J'ai mon travail.

— Oui, mais il est ingrat et vous valez mieux. J'ai besoin de vous. Depuis notre rencontre, je n'ai pas perdu mon temps. J'ai cherché Jacques Lambert, et Jacques Lambert est introuvable. Circonstance étrange : il a disparu il y a deux ans — exactement deux ans avant l'apparition du fléau qui s'est abattu tout d'abord sur la France. Ceci est à noter. Or, vous le connaissez ; moi, je ne le connais pas, et je puis passer à côté de lui sans le savoir ; cependant ma conviction est que c'est de son côté qu'il faut chercher.

— C'est aussi de plus en plus la mienne.

— Parfait. Alors, maintenant que vous avez compris de quelle utilité vous pouvez être, je vous apporte ceci : un congé payé de six mois, un emploi honorable au *Monde* et six cents francs d'appointements par mois. Ecoutez-moi... Dans la certitude que vous accepteriez cette situation momentanée, je vous ai trouvé, dans un quartier propre et bourgeois, dans une maison honnête, un petit et coquet appartement meublé, où vous pourrez vivre avec Mme votre mère. Maintenant j'ajoute : je crois que vous pouvez, que nous pouvons ensemble faire beaucoup de bonne besogne ; quelque chose me dit que vous êtes sur le bon chemin. Allez-vous faillir ? »

La jeune fille resta une minute interdite, profondément troublée.

Elle leva vers Escander un regard timide.

« Je ne suis pas seule.

— Voulez-vous que j'aille plaider votre cause auprès de votre mère ?

— Non, laissez-moi faire, je reviens. »

Légère, elle s'éloigna, et, comme lors de leur première rencontre, Escander regarda sa jolie silhouette disparaître.

Resté seul, il fit quelques pas. Devant lui, une rose pourpre achevait sa muette et splendide carrière. Au pied du vase qui la portait, les pétales tombés faisaient comme une petite mare pourpre ; un pétale tenait encore au cœur de la fleur : il le prit et l'enferma dans son portefeuille, puis, jetant un regard autour de lui, il envia la paix tranquille qui régnait dans la maison.

« Il ferait bon vivre ici, » pensa-t-il, puis, à cette première pensée, en succéda une autre : « Je ne suis pas venu pour faire des rêves bucoliques. Allons ! »

Il se secoua et se mit à marcher.

Germaine revint enfin. Elle avait convaincu sa mère : les deux femmes partiraient aussitôt que possible.

Escander s'en alla, du soleil plein le cœur ; il en fut même surpris et chercha la cause de cette joie intime.

En rentrant à Paris, il alla trouver Le Sauter et s'ouvrit à cet homme, qui avant tout était son ami, de ce qu'il comptait faire : retrouver Lambert à tout prix et, par lui, surprendre la terrible association des Radjisraks ; pour cela, Germaine était nécessaire.

Le Sauter en parut convaincu, et il proposa au jeune homme d'attacher pour toujours la jeune fille à la rédaction du *Monde*, où elle rendrait compte des travaux des Académies, quand Escander lui en laisserait le loisir.

Ceci étant réglé à la satisfaction de l'un et de l'autre, Escander, exultant, écrivit une longue lettre à Germaine pour la mettre au courant, puis, le cœur tout battant d'un espoir encore balbutiant, il attendit les deux femmes, qui débarquèrent à Paris, huit jours après.

IX

L'HUMILIATION DE L'ANGLETERRE

L'ANGLETERRE, inquiète de ce qui venait de se passer aux Etats-Unis, pressentant qu'un jour son tour viendrait sans doute, avait commencé auprès des puissances, ainsi que le président du Conseil l'avait dit à Escander, une série de démarches qu'elle estimait pouvoir rester secrètes, ce en quoi elle se trompait beaucoup.

Il s'agissait en l'espèce d'un accord, d'une sainte alliance entre toutes les nations du monde, afin de lutter à outrance contre la mystérieuse association ; toutes les forces armées et de police des puissances adhérentes seraient mises en jeu contre les terribles Radjisraks.

La réponse des redoutables destructeurs ne se fit pas attendre. On en était encore aux préliminaires d'une conférence internationale, quand un samedi, à midi, au moment où Londres est le plus animé, un nuage de petits tracts tomba soudainement du ciel et, décrivant des courbes capricieuses, voltigeant çà et là, s'abattit sur la capitale anglaise.

L'avertissement était laconique. Chaque rectangle de papier portait en haut deux triangles opposés l'un à l'autre ; l'un avait la pointe en bas et était bleu, l'autre la pointe en haut et était rouge.

Au-dessous, on lisait ces lignes imprimées en excellent anglais :

« Il est donné deux jours à l'Angleterre pour abandonner toute idée d'un accord international contre les Maîtres du feu et de la glace. Le même délai lui est départi pour payer la rançon de 100 millions. Chaque heure de retard augmentera la somme de dix pour cent. — RADJISRAKS. »

La stupeur, l'affolement furent immenses.

A Paris la nouvelle parvint dans la matinée. Escander, aussitôt informé, se rendit au *Monde* où il se doutait bien qu'il était attendu. En effet, Le Sauter le fit aussitôt appeler.

« Vous allez filer sur Cherbourg, vous y prendrez place à bord de mon yacht *l'Hirondelle* dont le capitaine est prévenu et vous attend ; vous irez voir ça de près. Filez, mon vieux, vous n'avez pas une minute à perdre. »

Cependant Escander perdit une heure. Il voulut aller dire au revoir à Germaine, mais la jeune fille manifesta, dès le premier mot, sa volonté d'accompagner le reporter. Elle fit valoir de telles raisons, de si puissants arguments que le journaliste se laissa convaincre ; le but du déplacement fut caché à Mme Laurière et, à trois heures, les deux jeunes gens prenaient le rapide.

A Londres, l'opinion publique savait que partout où les Radjisraks avaient porté leurs terribles menaces, les gouvernements s'étaient trouvés impuissants à réagir et que partout, l'armée, la police, la science humaine avaient été vaincues. Il en résulta une panique et un exode en tous points semblables à ce qu'on avait déjà vu.

La sommation s'abattit sur l'Angleterre au moment où, à l'issue des grandes manœuvres navales, le roi s'apprêtait à passer la revue de la flotte, ancrée dans l'immense rade de Portsmouth.

Toutes les nations étrangères étaient représentées. On remarquait le yacht somptueux du rajah Tocra-Dasi-Pal, dont le propriétaire était venu rendre ainsi hommage à son suzerain, le roi d'Angleterre ; mais ce yacht était mouillé très loin de la flotte.

Nous devons à la vérité de dire que si partout, sur le sol anglais, la crainte établit son empire, il n'en fut pas de même à bord des unités de la flotte.

La nouvelle arriva par T. S. F. et, dans les carrés des officiers comme dans les batteries basses où se tiennent et dorment les équipages, la quiétude ne fut pas un instant troublée. Chacun, à bord du vaisseau amiral aussi bien que dans le plus petit des sous-marins, et depuis Sir Hasting, lord amiral, jusqu'au dernier des soutiers, se disait que la mer était le meilleur refuge et que là, du moins, on serait spectateur à bon compte du désastre annoncé ; mais nous devons ajouter aussi que tous se sentaient dans la poitrine un cœur disposé à combattre jusqu'à la mort ce lâche ennemi qui ne se montrait jamais.

Cependant, au soir du premier jour de délai, l'amiral donna des ordres spéciaux en vertu desquels les pièces de gros et de moyens calibres furent pointées vers le ciel, selon le plus grand angle qu'il leur était permis d'atteindre. La moitié des équipages devait veiller, pendant que l'autre moitié dormirait ; enfin la flotte devait rester immobile sur ses ancres ; les feux furent couverts, et le silence et l'ombre enveloppèrent peu à peu ces masses immobiles, forces sournoises qui bientôt furent toutes vêtues de nuit.

Dès les premières heures de la nuit, les grands dirigeables anglais quittèrent leur hangar et s'élevèrent silencieusement. Avis avait été donné à la population de pourvoir à sa propre sécurité.

Toutes ces mesures prises, le roi, qui avait atteint un âge avancé, fit annoncer que, contrairement au bruit qui avait couru, ni lui ni les siens ne quitteraient le palais de Buckingham et que la revue de la flotte aurait lieu. Le vieux monarque s'était souvenu qu'au temps où il était prince de Galles, héritier du trône et tout jeune, il avait connu dans les plaines de l'Artois des heures aussi graves que celles qui se préparaient et que cela ne l'avait jamais fait pâlir.

A bord du super-dreadnought *Plancton*, le midshipman E. Smith s'était enfermé dans sa cabine avec de quoi confectionner quelques « whisky-soda », y compris un seau d'argent renfermant un assez joli morceau de glace, puis, ayant fermé son hublot et s'étant mis à l'aise, car il faisait une chaleur atroce, il commença d'écrire une longue lettre à sa fiancée, miss Mary Fairbank, dont la grande photographie illustrait la muraille métallique au-dessus de la petite table où il écrivait.

« Chère Mary,

« J'espère que le grand branle-bas vous a laissée froide, mais que cependant vous avez mis votre précieuse petite personne à l'abri dans le joli cottage de vos parents et que la curiosité, la vilaine curiosité, ne vous a poussés, ni les uns ni les autres, jusqu'à Londres. Il y a tout lieu de croire que les maîtres qui se font annoncer avec tant d'insolence ne viseront pas spécialement le comté où vous êtes et que leurs méchancetés s'acharneront ailleurs, j'espère, si nous n'y mettons ordre.

« Nous avons appris que le roi entend rester à Londres. C'est un chic type.

« Pour nous, les ordres sont ceci : demi branle-bas de combat, tous feux éteints, mais l'œil ouvert. Pour l'instant, je suis dans ma cabine, sous le regard charmant de votre photographie, hublot fermé, et Dieu sait quelle chaleur en vous écrivant ! Tous les canons à bord de toutes les unités de la flotte sont prêts à tirer ; dès le premier signal ils enverront des centaines de mille kilogrammes d'acier et d'explosifs à l'adresse de ces nouveaux Martiens, car c'est curieux, au lieu de prendre les choses au tragique, je m'imagine que le livre de notre Wells se réalise et que le terrible rayon vert va nous faire sauter les uns après les autres. En somme, je considère cela comme une rêverie après la lecture d'un livre suggestif. Heureusement nous n'avons encore affaire qu'à des bandits, vulnérables comme nous-mêmes et qui sont en chair et en os, ce qui fait que je voudrais bien les voir. D'ailleurs, je crois qu'on leur prête plus de puissance et plus de génie du mal qu'ils n'en ont réellement. Je vous reparlerai de cela demain soir, chère petite chose aimée ; pour l'instant, le premier quart après minuit vient d'être piqué et je vais dormir. Soignez-vous bien, Mary, songez que vous êtes toute ma vie. A demain. *Je vous aime*, comme on dit en français... »

« Le midship » E. Smith, qui n'aimait pas beaucoup écrire, fût-ce même à sa fiancée, serra la lettre commencée, tourna le bouton de sa lampe, ouvrit son hublot et continua de se déshabiller dans l'obscurité. La nuit était splendide, toute constellée d'étoiles ; il traînait sur la mer une lueur sur laquelle se détachaient les masses sombres des grands cuirassés.

Tout cela inspira à Smith une grande, une très grande confiance, et il s'endormit, rêvant doucement à la gentillesse de miss Mary.

Depuis combien de temps dormait-il, il n'en eut aucune idée quand une vive sensation de froid le réveilla. D'un geste machinal il ferma le hublot et allait reprendre son somme, quand la même sensation plus aiguë le ramena à l'état de veille.

« Diable, pensa-t-il, j'ai pincé quelque chose. »

Il se leva, alla à la caisse où étaient pliées les couvertures, les étendit sur son lit et se recoucha; mais le froid continuait de le pénétrer.

« Je ne peux pourtant pas aller réveiller le docteur, c'est idiot ! »

N'y pouvant tenir décidément, il se leva, voulut faire sa toilette; d'ailleurs le jour allait naître. Mais, comme il voulait verser le contenu du broc dans la cuvette, il constata que rien ne coulait : l'eau était gelée.

Il resta là, béant de stupéfaction, n'en croyant pas ses yeux. Il plongea la main dans le récipient : le doute n'était plus permis.

Il jeta un regard par le hublot, jugea que la nuit était devenue très noire ; alors, il enfila rapidement ses vêtements. Tout à coup une idée lui vint : n'y aurait-il pas eu un accident à l'installation réfrigérante du bord, et sa cabine n'aurait-elle pas été transformée en « frigorifique » ?

Cette idée l'amusa un instant : quel sujet de conversation il allait avoir, lorsqu'il raconterait avoir passé une nuit délicieusement fraîche à ses camarades que la chaleur étouffante devait avoir empêchés de reposer !

Mais cet accident possible pouvait avoir des conséquences graves ; il lait donc aller s'en rendre compte.

Aussitôt, croyant avoir trouvé la raison du phénomène, il se précipita sur le pont comme un fou.

Dès qu'il eut entr'ouvert la porte de sa cabine, il fut fouetté au visage par les mille piqûres d'un froid noir ; il ne rencontra personne et monta sur le pont, mais, au premier pas qu'il fit il glissa des deux pieds et tomba sur le dos, continuant sa glissade jusqu'à un cabestan qui, heureusement, l'arrêta dans sa course inattendue.

En jetant les yeux autour de lui, et toujours sur le dos, il aperçut les superstructures, les apparaux, les cordages d'acier, les fils et les antennes de la T. S. F. couverts de givre. Péniblement il se remit sur pied, en s'agrippant au cabestan, et aperçut, sur la hanche de tribord, un groupe d'officiers qui se tenaient cramponnés à la rambarde.

L'un d'eux lui cria :

« Ello, Smith, elle est drôle, hein ? »

Mais Smith ne trouvait dans tout cela rien d'extrêmement comique.

Avec des précautions inouïes il se mit en route pour rejoindre le groupe d'officiers au moment même où une équipe de matelots jetait de la cendre sur le pont; grâce à cette manœuvre, une stabilité plus grande s'offrit aux pas de tous.

Poussé par la curiosité, Smith abandonna l'idée de rejoindre les officiers et, enjambant les échelles, il parvint à la passerelle où il s'arrêta essoufflé, gelé. Le commandant venait d'arriver ; il regardait, entouré de son état-major, cette mer dont les vagues ne battaient plus, rythmiques, les flancs de son navire.

Le jour montait peu à peu et découvrait lentement un décor polaire, un décor prodigieux et tel que les yeux n'en avaient jamais contemplé de pareil sous la même latitude : la mer était glacée, lisse par endroits, tourmentée en d'autres par suite de la pression qui, brisant les glaçons, avait fait s'accumuler ceux-ci les uns sur les autres, et, de ce chaos, émergeaient les fiers et beaux navires anglais, mais des navires tout blancs, méconnaissables, d'un aspect fantastique !

Si, au-dessus de la flotte, s'étendait un épais nuage gris sombre, là-bas, à deux ou trois milles en avant et en arrière des unités, le soleil d'août brillait et, tout autour de l'immense glaçon qui emprisonnait les forces vives de l'Angleterre, la mer libre déferlait brutalement contre cet obstacle.

Le spectacle était unique, admirable ! Il était contemplé par tous les équipages maintenant sur les ponts. Mais l'admiration fit vite place à un sentiment angoissant, indéfinissable : la grande flotte britannique était bloquée par les glaces, en plein été, en rade de Portsmouth ! Cela dépassait toutes les imaginations et, de tous les dangers prévus, c'était le seul auquel on n'eût pas songé.

Un pavillon monta au mât de signaux du vaisseau amiral.

Le signal fut répété par chaque unité. Immédiatement, les tambours et les fifres éclatèrent en sonneries joyeuses à bord du *Plancton*. L'équipage déferla une minute sur le pont, des panneaux se fermèrent, il y eut des bruits sourds de machines en marche, les cheminées se mirent à vomir d'épaisses fumées qui obscurcirent encore le ciel, on entendit les cabestans à vapeur lever les ancres, afin de fendre la couche glacée; mais, quand ils eurent développé toute leur puissance, il fut avéré que leur traction était insuffisante.

Le branle-bas de combat venait de sonner.

Le combat ! Contre qui? Sur quel ennemi allait fondre la fureur belliqueuse anglaise ? Nul n'en savait rien, ni celui qui commandait tous ces mouvements, ni ceux qui les exécutaient. On commandait, on obéissait pour faire quelque chose, pour sauver l'honneur.

Sur tous les bâtiments de l'immense flotte, les mêmes choses devaient se passer.

Au mât du vaisseau amiral un second signal monta.

Immédiatement, à bord du *Plancton*, des coups de timbre impérieux retentirent dans les tourelles, dans les batteries ; il se passa ensuite deux ou trois secondes d'imposant silence, puis, en une clameur immense, toutes les pièces à longue portée firent feu, avec un tel ensemble sur toutes les unités, que l'atmosphère fut ébranlée et que ce bruit formidable fut entendu jusque sur les côtes du Cotentin.

Trois fois cette salve fut répétée sans résultat très appréciable. On remarqua néanmoins, à la seconde bordée, que dans la sorte de chape de couleur plombée qui planait sur la flotte, une sorte de déchirure se fit par laquelle passa un rayon de soleil; mais à peine vingt minutes après qu'elle se fût produite, cette déchirure parut comblée et, de nouveau, le ciel, uniformément obscurci au-dessus de la flotte, déversa un froid terrible qui causa la mort de nombreux marins.

Les dirigeables envoyés de partout apparurent, mais, dès qu'ils entrèrent dans la zone frigide, leurs hélices s'arrêtèrent et ils s'en allèrent à la dérive. On en conclut avec juste raison que leur carburant et leurs huiles avaient été gelés.

Toute la journée se passa en lancements de marconigrammes entre Londres et le vaisseau amiral. Mais

Londres, copieusement fournie de nouvelles, n'accepta d'abord qu'avec beaucoup de scepticisme ce que, d'heure en heure, les journaux jetaient à sa curiosité passionnée.

La mer gelée ! Au mois d'août ! Cela, vraiment, tenait de l'invraisemblable.

Cependant il fallut se rendre à l'évidence, puisque tous ceux dont le métier ou le devoir étaient de renseigner la population étaient unanimes.

Beaucoup de Londoniens qui possédaient des voitures automobiles rapides voulurent aller jusqu'à Portsmouth admirer le spectacle, mais dans la crainte d'autres événements plus redoutables, on arrêta les visiteurs aux limites de la ville et un cordon de troupes défendit l'accès des falaises.

Un marconigramme lancé à midi d'un point inconnu informa le « Premier » anglais que la première partie du délai était écoulée et que, désormais, la rançon était de 110 millions.

La Chambre des lords, qui siégeait en permanence, ainsi que la Chambre des communes, invitèrent, pour éviter d'autres catastrophes, le gouvernement à s'incliner.

Ainsi l'Angleterre, l'orgueilleuse Angleterre se voyait vaincue sur son véritable domaine : la mer ! Désormais, plus que toute autre puissance du continent, elle se trouvait menacée.

Qu'il plaise à ces bandits inconnus et redoutables de l'isoler dans une ceinture de glace — la chose était possible, ils venaient de le démontrer — et l'Angleterre se trouverait réduite à vivre de son sol, c'est-à-dire à périr de faim.

A son tour, elle s'inclina et se soumit aux exigences de l'énigmatique association des Radjisraks.

Le lendemain, le soleil brillait sur l'immense rade. La revue fut passée, mais ce fut comme une revue funèbre. L'humiliation pesait sur le front de l'Angleterre.

Ne se fiant plus désormais aux moyens de communications connus, et surtout à la télégraphie et au téléphone sans fil, elle rétablit ses courriers d'ambassade et, le lendemain, elle en expédiait vers tous les gouvernements du monde civilisé.

L'Angleterre n'était pas vaincue sans idée de revanche !

Plus tard, quand on commenta les détails de la catastrophe, on se rappela que le yacht du rajah Tocra-Dasi-Pal avait bravement fait son devoir, en dirigeant contre le ciel obscurci le tir de ses petits canons.

Germaine Laurière, à côté d'Escander, sur le pont de l'*Hirondelle*, avait dit au jeune homme :

« La découverte de Jacques Lambert peut produire des effets semblables. »

X

TOCRA-DASI-PAL

PENDANT que l'étrave de l'*Hirondelle* — le yacht que Le Sauter, rédacteur en chef du *Monde*, avait mis à la disposition d'Escander et de Mlle Laurière pour leur mission en Angleterre — déchirait les eaux vertes de la Manche, le journaliste et la jeune fille, appuyés sur la rambarde et impatients de regagner Cherbourg, commentaient les événements dont ils avaient été témoins à Portsmouth. Tout à coup la jeune fille fit un brusque mouvement, puis, se tournant vers Escander :

« Comment appelle-t-on ce prince hindou qui assistait sur son yacht à la revue de la flotte britannique ?

— Tocra-Dasi-Pal. Il venait de Paris et il va y retourner avant de regagner son royaume. Pourquoi cette question ?

— Une idée qui m'est venue... peut-être une lueur dans cette obscurité. »

La jeune fille secoua sa jolie tête :

« Voyons... que je fixe bien mon souvenir. Au moment où Jacques Lambert m'entretint de sa fameuse découverte, je me rappelle nettement que le manque d'argent le réduisait à l'impuissance. Il en cherchait partout; il s'absentait souvent, comme je vous l'ai dit, et revenait chaque fois nanti de sommes plus ou moins importantes, mais toujours insuffisantes et qui ne pouvaient lui être d'un grand secours pour ses travaux. C'est alors qu'il se résolut à faire, auprès d'un richissime Hindou présent à Paris, une démarche suprême. Ce fut moi qui écrivis la demande d'audience. Il se pourrait que cet Hindou fût le prince Tocra-Dasi-Pal.

— Le renseignement est précieux, dit Escander, après un petit instant de silence ; peut-être ne nous donnera-t-il rien, mais notre devoir est de nous en servir. Dès notre arrivée à Paris, je verrai Tocra-Dasi-Pal. »

Qu'était donc cet Hindou ?

Un seigneur fabuleux, aurait répondu l'opinion publique ; riche, disait-on, à en perdre la raison, d'une éducation parfaite, charmant, charmeur, et vivant à Paris, qu'il affectionnait, avec un luxe inouï...

Comme il l'avait dit, Escander, au lendemain de son retour, s'était fait annoncer chez le prince, au Splendid Hôtel où il occupait tout un appartement, au premier étage, presque insuffisant pour le loger, lui et sa domesticité.

Germaine Laurière l'accompagnait, mais il avait été convenu que la jeune fille attendrait son compagnon dans le grand hall de l'hôtel, en prenant une tasse de thé.

Escander avait fait passer sa carte au rajah. Son attente fut courte : le secrétaire intime du prince, que tout Paris connaissait, comme il connaissait Tocra, se présenta. Il s'avança, d'un pas glissant et silencieux, à moitié courbé par un salut.

« Si le seigneur veut bien me suivre, mon maître sera très honoré de le recevoir. »

Escander apprécia la charmante hypocrisie de cette politesse asiatique. Il suivit l'Hindou.

Tocra-Dasi-Pal, vêtu d'une somptueuse robe de chambre, coiffé d'un turban de fine mousseline où brillait une fameuse aigrette de diamants, était étendu sur un large divan, parmi une foule de coussins somptueux, à côté d'une petite table portant des rafraîchissements et un merveilleux petit revolver précieusement damasquiné. Deux Hindous, dont le secrétaire intime, étaient accroupis, ramassés plutôt aux pieds de leur maître, prêts à bondir au moindre signe.

Le rajah Tocra-Dasi-Pal désigna d'un geste fort affable un siège à son visiteur.

« Monsieur, dit-il, en excellent anglais, je suis heureux de recevoir le journaliste célèbre que vous êtes. »

Escander s'inclina ; il avait trouvé un admirable prétexte à sa visite : il venait recueillir les impressions que Son Altesse avait dû ressentir en voyant bloquée par les glaces la flotte anglaise.

Tocra resta un moment silencieux ; son regard scrutateur, entre les paupières baissées, examina le jeune homme jusqu'à l'âme tandis qu'il peignait sa barbe de ses doigts fins chargés de lourdes bagues.

« C'est, dit-il, une chose qui m'a beaucoup peiné ; mon loyalisme en a souffert et j'en ai fait part au roi, qui non seulement est mon suzerain, mais aussi mon ami. Mais vous, monsieur, ajouta-t-il, changeant brusquement la conversation, vous dont la sagacité est connue, n'avez-vous rien fait pour découvrir les auteurs de tous ces crimes ? »

La question servait trop les intérêts d'Escander pour qu'il la laissât tomber.

« Non, Altesse, comme tout le monde, j'ai cherché, et je me déclare vaincu... Non, vraiment, je ne peux... J'ai d'ailleurs des préoccupations personnelles qui m'absorbent... J'essaie de retrouver un ancien maître à moi, mystérieusement disparu, le chimiste Jacques Lambert. »

Escander avait pris un temps avant de prononcer le nom. Son regard, aussi aigu que celui de l'Hindou, observait celui-ci. Il le vit, malgré l'empire qu'il devait avoir sur lui-même, tressaillir légèrement. Une bouffée d'orgueil monta au cœur d'Escander. Tocra avait repris son impassibilité.

Désormais le reporter n'avait plus rien à apprendre ; il griffonna des notes d'après les déclarations de Tocra, se promettant de s'en servir pour rédiger quelques lignes et dérouter ainsi les soupçons qu'il sentait chez le prince ; puis il prit congé.

En descendant, il passa par le salon de thé, alla à la table où se trouvait Germaine et lui dit :

« Vous allez me rejoindre dans cinq minutes ; je vous attendrai dans la salle de travail de la Bibliothèque nationale ; je vais sans doute être pisté, rendez-vous-en compte et remarquez bien l'homme qui me suivra. Puis, sans attendre la réponse de la jeune fille, il s'en alla, très naturellement, sans se retourner, traversa le Palais-Royal et entra à la Bibliothèque nationale.

Vingt minutes après, Germaine vint le retrouver.

« Vous avez été suivi, dit-elle, par un homme élégamment vêtu à l'européenne, mais coiffé d'un turban ; il a toujours marché à vingt pas derrière vous sur le trottoir situé du côté opposé à celui que vous suiviez.

— Merci ; ce Tocra n'est qu'un sot. Nous sommes sur le chemin qui conduit à la vérité. C'est, ou je me trompe grossièrement, du côté de Tocra-Dasi-Pal qu'il faut chercher Jacques Lambert. »

XI

OU GERMAINE DISPARAIT

Germaine et sa mère achevaient de dîner quand on sonna à la porte de leur appartement. C'était un petit télégraphiste apportant un message téléphoné d'Escander :

« Venez me rejoindre immédiatement. Escander. »

La jeune fille avait quitté le journaliste à quatre heures, après avoir rédigé une vingtaine de lignes sur différentes communications à l'Académie de médecine ; elle fut surprise de cet appel, mais elle connaissait trop Escander pour douter que la chose fût d'importance ; elle termina rapidement son dîner et sortit.

En bas, devant la porte, un chauffeur était en train de remettre son moteur en marche.

« Taxi, madame ? » dit-il.

Germaine ne s'arrêta pas à examiner ce chauffeur ; elle se dirigea vers la voiture dont l'homme ouvrit la portière.

« Au *Monde*, dit-elle, boulevard des Italiens. »

L'homme referma la portière, monta sur le siège et, d'un coup de volant, dirigea sa voiture vers le milieu de la chaussée.

Germaine, dès qu'elle fut assise, se sentit saisie par une étrange odeur qui la suffoqua ; elle voulut abaisser une vitre, mais ne put y parvenir ; elle essaya d'ouvrir la portière, mais il n'y avait pas de poignée intérieure. Commençant à être inquiète, la jeune fille frappa contre la glace qui la séparait du chauffeur, mais celui-ci n'entendit pas, ou feignit de ne pas entendre. Alors Germaine, qui se sentait prise d'un étrange malaise, essaya de briser l'une des vitres, mais le geste fut à peine esquissé, car elle tomba sans connaissance sur les coussins.

L'auto fila dans la nuit à vive allure, gagna les boulevards qui entourent Paris, sortit par la porte Maillot et, tournant à gauche, traversa le Bois ; elle s'arrêta au delà de Suresnes, à côté d'une puissante limousine qui semblait l'attendre.

En effet, deux hommes descendirent de la limousine, ouvrirent la portière de la voiture qui avait amené Germaine, saisirent celle-ci et la portèrent dans la puissante voiture ; l'un des deux hommes monta près d'elle, l'autre grimpa sur le siège du chauffeur et les deux voitures s'éloignèrent dans des directions opposées.

Pendant ce temps, Escander et Le Sauter avaient un long entretien. Le reporter avait fait part à son rédacteur en chef des faits qui justifiaient ses soupçons, et les deux hommes, afin de susciter soit un événement nouveau, soit une déclaration d'inconnu, avaient décidé qu'on ferait paraître une note, en première page, ainsi conçue :

TRÈS IMPORTANT

Toute personne qui pourrait fournir des renseignements sur un certain Jacques Lambert, chimiste, qui a quitté Paris il y a environ deux ans, est priée de se présenter au journal.

Cette note parut le lendemain.

A onze heures, quand Escander arriva au *Monde*, on lui donna son courrier ; dans celui-ci, une enveloppe, qui avait été remise par un porteur, sans passer par la poste, contenait cette déclaration anonyme :

« Il serait dangereux pour M. Escander ou pour ceux qu'il aime de s'occuper davantage de Jacques Lambert. »

Le jeune homme bondit chez Le Sauter et lui soumit cette étrange et menaçante missive.

« Aurions-nous mis dans le mille ? dit Le Sauter.

— C'est sûr, dit Escander ; la bête est débuchée, nous allons en connaître le poil ; la chasse commence. »

Il finissait à peine de prononcer ces mots qu'un garçon se présenta. Mme Laurière demandait Escander ; celui-ci se rendit aussitôt près d'elle.

L'aspect de la pauvre femme le terrifia. A peine coiffée, les yeux rougis par les larmes, toute tremblante, elle se précipita vers le jeune homme. Un seul mot qu'elle bégaya renseigna immédiatement celui-ci.

« Germaine ?

— Eh bien, madame, que lui est-il arrivé ?

— Partie depuis hier... elle n'est pas revenue. »

La pauvre femme éclata en sanglots. Escander était devenu affreusement pâle ; il chancela et dut s'appuyer au mur ; mais ces sortes de défaillances étaient rares et courtes chez lui ; il reprit possession de lui-même, fit asseoir la vieille dame et l'interrogea.

Ce qu'il apprit, nos lecteurs le savent : Germaine, appelée par Escander, avait quitté sa mère vers huit heures trente et n'avait pas reparu.

Le journaliste avait repris son calme; il consola, rassura la pauvre mère et la renvoya chez elle, un peu moins troublée. C'était un caractère faible sur lequel on prenait vite un grand empire.

Resté seul, Escander remonta chez Le Sauter.

Celui-ci, en voyant le visage ravagé de son collaborateur, s'inquiéta :

« Qu'avez-vous ?

— Mlle Laurière a été enlevée !

— Enlevée ?

DEUX HOMMES SAISIRENT GERMAINE ET LA PORTÈRENT DANS LA PUISSANTE VOITURE

— Oui, les auteurs de la lettre que j'ai reçue ce matin ont dû la prendre comme otage.

— C'est impossible !

— C'est certain... Alors, comprenez-moi bien, patron... Cette jeune fille, c'est ma vie, je l'aime... Elle est la raison de ma volonté, le but de mon courage... Alors, je n'existe plus... »

Des larmes coulaient sur le visage énergique d'Escander. Cet homme qui avait tant de fois, le sourire aux lèvres,

bravé la mort, qui, pour remplir son devoir d'informateur, avait vécu dans des villes ravagées par la peste, cet homme pleurait comme un enfant.

« Allons, Escander ! »

Sous ce coup de fouet, le pauvre garçon se redressa.

« Nous allons, continua Le Sauter, prévenir l'Intérieur ; avant ce soir, nous saurons où est Mlle Laurière.

— Non ! Non ! Ne faites rien. Qui sait en quelles mains elle est tombée ?... Qui sait si la moindre démarche ne serait pas un danger pour sa vie ? Laissez-moi agir; donnez-moi de l'argent, beaucoup... sans argent on ne peut rien... et, devrais-je bouleverser le monde, je la retrouverai, je la retrouverai ! »

Il cria ces derniers mots avec une conviction telle que Le Sauter en fut émerveillé.

« Vous avez carte blanche et je vous ouvre un crédit d'un million. »

Escander, dont les lèvres tremblaient, balbutia un « merci » et, de nouveau, ses larmes coulèrent.

Alors Le Sauter se leva ; il attira Escander sur sa poitrine, et ces deux hommes qui s'aimaient et s'appréciaient, s'embrassèrent, d'une longue étreinte.

XII

ESCANDER A L'ŒUVRE

Escander ne fut pas long à recouvrer tout son allant. Il commença par s'adjoindre un des collaborateurs du *Monde*, Francis Verdeau, garçon débrouillard et malin qu'il avait déjà employé plusieurs fois. Verdeau était adroit, mais il avait un grave défaut : il raclait du violon et usait beaucoup de papier à musique en composant une opérette qui devait, selon lui, devenir fameuse : *Les Chevaliers du guet*. Toutes les heures que ne lui prenait pas le journalisme, il les consacrait à cette opérette. Mais pour Escander qu'il adorait, il aurait brûlé sa partition.

« Verdeau, lui dit celui-ci, vous allez vous rendre au Splendid Hôtel, savoir si le rajah Tocra-Dasi-Pal y est toujours et surtout si personne de sa suite ne s'est éloigné. Faites vite et revenez. Moi, je vais à l'Intérieur. »

Escander s'était rapidement tracé une ligne de conduite. Il avait résolu d'endormir la défiance du rajah et d'agir secrètement. Il décida de faire passer dans le journal une note ainsi conçue : « Mlle Germaine Laurière est priée de donner de ses nouvelles à sa mère inquiète. »

Cette note laissait simplement croire que la jeune fille, absente de Paris, négligeait d'écrire à sa mère ; en la lisant, Tocra-Dasi-Pal pouvait admettre qu'il avait dupé tout le monde.

Au ministère de l'Intérieur, Escander obtint qu'on mît à sa disposition dix des meilleurs agents de la Sûreté générale ; il les choisit tous motocyclistes, leur donna rendez-vous au *Monde* et leur enjoignit de ne parler à personne de ce qu'ils allaient être appelés à faire.

Après quoi, Escander revint au journal, Verdeau l'y attendait.

« Eh bien ?

— Tocra est toujours au Splendid Hôtel ; son secrétaire intime est parti pour Cherbourg, où il va préparer le yacht de son maître, lequel part après-demain pour retourner aux Indes. »

Escander atteignit un indicateur.

« Voyons... Paris-Cherbourg... Rapide... dans trois quarts d'heure... »

Se levant d'un bond, il coiffa de son chapeau Verdeau ahuri, le prit par un bras, le jeta dans un auto du journal, s'y jeta après lui en criant au chauffeur : « Gare Montparnasse, en vingt minutes. »

La voiture démarra.

« Voilà, fit Escander... Aussitôt à Cherbourg, vous allez sur le port, vous vous faites montrer le yacht de Tocra. A n'importe quel prix vous montez sur ce yacht, vous le visitez de la cale à la pomme des mâts. Si Germaine est à bord, vous me prévenez par T. S. F. Si elle n'y est pas, vous revenez en vitesse. C'est compris ? »

Verdeau ne répondit pas ; il regardait Escander avec des yeux ronds.

« Vous avez un revolver ?

— J'ai un canif, dit Verdeau.

— Voici le mien. Voici trois mille francs ; le train va partir dans dix minutes, prenez votre billet, et à bientôt. »

La voiture s'arrêtait dans la cour de la gare. Escander poussa Verdeau dehors.

« Mais laissez-moi au moins le temps d'acheter un savon !

— Etes-vous fou ? » cria Escander, puis au chauffeur : « Au journal, vite. »

Et la voiture démarra.

Verdeau leva les bras au ciel, mais, poussé par son devoir et par son amitié pour Escander, il prit son billet, choisit un coin, s'y installa, et bientôt bercé par le rythme du train, il se chantonna pour lui-même les premières notes de la chanson des *Chevaliers du guet :*

« Sol, sol, fa, do, ré, ré, mi... »

Le démon de la musique venait de le reprendre ; il tira de sa poche du papier réglé et se mit à le noircir. Les kilomètres et les signes musicaux marchèrent de pair...

Quand Escander revint au journal, les dix agents de la Sûreté générale l'y attendaient.

Escander les rassembla.

« Messieurs, chacun de vous va se rendre dans un département que je lui désignerai ; votre mission consiste à parcourir les villes, les villages. Là où l'un de vous découvrira ou apprendra qu'il y a un ou plusieurs Hindous, vous rassemblerez discrètement tous les renseignements que vous pourrez recueillir sur cet ou ces individus et vous me les ferez parvenir aussitôt. Tous les appareils publics de T. S. F. seront mis à votre disposition. Les premiers départements à visiter sont en bordure de la mer depuis Boulogne jusqu'à Saint-Nazaire. Huit jours vous sont accordés. La caisse du journal remettra à chacun de vous mille francs ; vous aurez à justifier de leur emploi. Il faut que vous ayez quitté Paris dans deux heures, soit sur vos machines, soit par le train. Au revoir, messieurs. »

Escander s'était dit que si Tocra-Dasi-Pal était l'auteur du rapt, il se servirait de son yacht pour emporter sa proie, qu'il conduirait sans doute

LE PAUVRE GARÇON S'EN ALLA VOIR LA MÈRE DE GERMAINE

celle-ci sur un point de la côte où une embarcation viendrait la chercher et la mettrait à bord du yacht....

Escander ne vivait plus.

Tous ces soins pris, sentant que le filet était bien tendu, il s'attacha à la personne de Tocra-Dasi-Pal, mais il se rendit vite compte que cette surveillance ne donnerait rien d'intéressant. Le rajah ne s'occupait que de son départ et recevait les dernières visites de courtoisie de ceux avec lesquels il avait été en rapport. D'ailleurs, comment aurait-il pu cacher près de lui une jeune fille française sans que rien révélât la séquestration de cette dernière ?

Le pauvre garçon s'en alla voir la mère de Germaine et là, dans ce paisible intérieur où il lui semblait que la jeune fille était toujours présente, il laissa déborder son cœur et confia à la vieille mère en larmes tout le chagrin, tout le désespoir qui pesaient sur lui.

Le lendemain, vers onze heures, Escander vit entrer dans son bureau un être méconnaissable.

C'était Verdeau.

Mais quel Verdeau ! Sans col, les vêtements fripés, les mains et le visage disparaissant sous une couche de poussière de charbon !

« Pour Dieu, dit Escander, qu'est-ce que vous avez ?

— Rien, dit Verdeau en tombant sur une chaise. Ce que j'ai fait est très simple, n'importe qui en aurait fait autant à ma place. Le yacht, qui s'appelle *le Lotus*, faisait son plein de charbon ; je remis un billet de cent francs à un débardeur qui voulut bien me confier un sac de charbon — c'est très lourd, le charbon — et, mon sac sur l'épaule, je montai, sur une diablesse de planche, étroite comme tout, à bord du yacht ; là, comme je ne connais personne qui puisse m'empêcher de voir ou d'entendre, j'ai acquis la certitude que non seulement Mlle Laurière n'était pas à bord, mais encore qu'elle n'y était pas attendue.

— Comment avez-vous acquis cette conviction ?

— On n'a rien préparé pour la recevoir, et on ne fait pas voyager une jeune personne sans mettre à sa portée les choses qui lui sont nécessaires : un détail, un rien m'aurait fait comprendre, voir, qu'une femme devait venir sur le yacht.

— Je vous remercie, dit Escander ; vous êtes un brave garçon... pardonnez-moi, j'ai la tête perdue.

— Et maintenant, dit Verdeau, que faut-il que je fasse ?

— Vous allez prendre un bain, dit Escander.

— Oui, et après ?

— Vous ferez votre valise. Tocra part demain, on attachera un wagon-salon au rapide de Cherbourg. Vous prendrez place dans ce train et vous ne quitterez l'Asiatique que lorsque, à son bord, il aura pris le large.

— C'est compris, dit Verdeau ; au revoir, patron.

— Au revoir, mon vieux ; merci. »

Le jeune reporter allait quitter le bureau ; Escander alla à lui et lui serra les mains avec effusion.

« Retrouvez-la, Verdeau, dites, retrouvez-la !...

— Tout ce qu'un homme peut faire, je le ferai, dit tristement Verdeau ; ça me fend le cœur de vous voir ainsi. Au revoir, comptez sur moi. »

Verdeau en descendant l'escalier ne se faisait aucune illusion, mais du moins, à défaut de confiance, il avait du courage et le plus grand, le plus impérieux désir de rendre le calme et le bonheur à son ami, sa vie dût-elle en être la rançon.

XIII

LA FORET D'ORLEANS

A l'instigation de l'Angleterre qui, ayant payé sa rançon, n'en continuait pas moins à vouloir venger son humiliation et délivrer le monde, une grande conférence internationale s'était secrètement réunie à Lausanne.

On espérait que les quelques diplomates et militaires réunis se confondraient là avec les touristes et qu'ainsi le secret serait mieux gardé.

De graves questions avaient été soumises à cette conférence, qui tenait ses séances le soir, entre huit heures et minuit, dans une grande salle aménagée comme une salle de jeu. Ainsi le change était donné et nul ne pouvait soupçonner une autre raison que celle du poker ou du bridge à ces réunions nocturnes. Les puissances espéraient qu'un effort général et fécond suivrait ces conférences.

En effet, un plan d'action y avait été arrêté ; en principe, toutes les puissances y avaient souscrit.

On se flattait de mener ainsi, dans l'ombre, une attaque formidable contre l'ennemi commun; mais celui-ci devait avoir des oreilles partout, car dès le troisième jour du congrès les puissances qui y participaient reçurent, toujours par marconigramme, un avis comminatoire :

« Ordre est donné de cesser immédiatement toute conférence hostile.

« RADJISRAKS. »

Devant cette insolence, on se résolut à une action énergique immédiate et il fut décidé que l'une des puissances signataires du pacte lancerait un défi aux bandits inconnus.

La France fut désignée.

L'émotion, quand on apprit cette nouvelle, fut indescriptible.

La chose avait été faite avec quelque solennité. Des coups de canon avertirent les populations que la guerre était déchaînée contre les ennemis invisibles.

Aujourd'hui, alors que, par l'effet du recul dans le temps, nous jugeons les choses plus froidement, cette manifestation nous apparaît inutile et enfantine, mais en ces heures troublées où chacun, devant l'étrangeté terrible des catastrophes provoquées par les Radjisraks, avait un peu perdu de sa faculté de raisonner, elle empruntait aux événements même une certaine grandeur devant laquelle il faut s'incliner.

« *La France*, disait une proclamation officielle, *refusant de reconnaître le pouvoir soi-disant infini des Radjisraks, estimant au contraire qu'ils ne sauraient accepter sans danger pour eux une lutte loyale, les met au défi d'exercer ce pouvoir sur un point quelconque de son territoire, au jour, à l'heure, à l'endroit qu'ils fixeront eux-mêmes.* »

De grandes précautions avaient été prises.

Une partie de la population parisienne s'était enfui vers les plages les plus lointaines; pour le reste des abris avaient été ménagés partout où la chose avait été possible; des moyens de protection étaient prévus au cas où des incendies éclateraient; des stocks de charbon avaient été constitués dans les plus vastes souterrains qui se

A CINQ HEURES DU MATIN, TOUTE LA FORÊT D'ORLÉANS ÉTAIT HÉRISSÉE D'UNE ARTILLERIE FORMIDABLE, BRAQUÉE VERS LE CIEL

pussent trouver : les catacombes et les carrières creusées sous Paris en reçurent des quantités considérables, ainsi que des vivres. Les musées furent fermés, leurs merveilles mises à l'abri. On revivait les plus tristes moments de la grande guerre.

Le soir même du jour où le défi avait été lancé, un marconigramme, venu comme les précédents d'un point inconnu, informait l'univers que le vendredi suivant, c'est-à-dire quarante-huit heures après, délai jugé suffisant pour que la France fût prête, à se défendre, la forêt d'Orléans serait incendiée et que, aussitôt après cette manifestation du pouvoir des Radjisraks, ils lanceraient leur ultime sommation dont la méconnaissance par la France entraînerait la ruine totale de celle-ci.

SUR SON POURTOUR.

Le gouvernement ne perdit pas la tête. La Compagnie d'Orléans, réquisitionnée à deux heures, tenait prêts à cinq heures vingt trains de trente wagons. Trois mille hommes prirent place dans deux trains qui partirent à deux minutes d'intervalle; six trains emmenèrent l'artillerie légère, les munitions, les fusées-torpilles. Les gros canons, leurs trains, leurs canonniers, leurs munitions partirent de Chartres, tirés par leurs tracteurs, en suivant des routes différentes.

A cinq heures du matin, toute la forêt d'Orléans était hérissée, sur son pourtour, d'une artillerie formidable, braquée vers le ciel. Un millier de camions automobiles étaient rassemblés dans les champs, prêts à recueillir les hommes et à les emmener. Tout cela était camouflé, caché, invisible.

Les troupes, louangées, exaltées par les journaux, le gouvernement, la population, manifestaient confiance et enthousiasme, et étaient bien en main. Le tir des pièces avait été réglé de telle façon qu'un obus exploserait tous les cinq cents mètres, sur une ligne absolument verticale et jusqu'à une hauteur de cinquante kilomètres, comme trois cents mètres à peine séparaient les pièces les unes des autres, la force des explosions et le déplacement des ondes atmosphériques allaient déchaîner dans les airs une véritable tempête, un formidable ouragan. Pour protéger les hommes contre la chute des éclats de projectiles, des abris avaient été creusés, et la mise à feu des pièces était obtenue électriquement, à distance. A un signal donné, toutes ces pièces tireraient; trois salves devaient être tirées de cinq minutes en cinq minutes.

La journée se passa dans une attente

pathétique; la nuit vint; l'angoisse s'accrut : que réservait la tragique aurore? La peur s'installa dans beaucoup de cerveaux, il y eut des cas de folie comme au temps des raids d'avions. Toutes les lumières étaient éteintes et la ville plongée dans des ténèbres presque absolues...

Escander était à son poste, au milieu de l'Etat-Major, avec tous ses confrères. Il avait, malgré la douleur qu'il cachait, repris possession de lui-même; le métier le réclamait, il était tout à son métier.

Un peu en arrière de l'Etat-Major, dans un repli de terrain, des savants s'affairaient autour d'instruments de précision, prenaient des notes; d'assez forts télescopes étaient braqués vers le ciel. Depuis l'apparition du jour, l'espace était ainsi minutieusement observé, sans que rien attirât plus spécialement l'attention. Déjà on estimait que la partie était remise, quand Escander, qui semblait être partout à la fois, mit un œil indiscret au mireur d'un hélioscope et poussa un « ah ! » plein de satisfaction. Ce sentiment pourrait surprendre, mais Escander était venu pour voir l'attaque des Radjisraks, et il eût été cruellement déçu s'il avait dû rentrer bredouille.

Donc il poussa un « ah ! » qui fit se retourner tout le monde.

« Regardez donc au nord-ouest ! » et, d'un doigt indicateur, il désignait un point précis du ciel. Un astronome fit, au même moment, remarquer à un de ses collègues :

« En effet, au-dessous de ce stratus rose, voyez ce scintillement. »

Tous les instruments d'optique petits ou grands, toutes les jumelles se tournèrent vers le point désigné : tous les observateurs furent unanimes à reconnaître que dans le ciel, à une altitude très élevée, de petits points qui semblaient métalliques scintillaient sous les rais du soleil.

L'Etat-Major fut aussitôt prévenu et, de minute en minute, la marche du phénomène fut observée à l'aide des instruments spéciaux. Mais, subitement, le scintillement devint imperceptible. L'étude du ciel n'en continua pas moins, attentive, et moins d'une heure après l'exclamation d'Escander, les astronomes crurent remarquer, juste au-dessus de la forêt, une singulière coloration grise, plus foncée que le bleu léger du ciel. Cette sorte de nuée devait se trouver à une très grande hauteur et couvrir une vaste étendue; elle semblait se tenir immobile.

En même temps, une hausse insolite du thermomètre fut constatée. Encore dix minutes et cet accroissement de la chaleur commença à faire souffrir tout le monde.

Il s'était fait un énorme silence, cette multitude d'hommes restait muette. Seule la forêt semblait vivre, des oiseaux chantaient, sur une basse branche d'un frêne deux écureuils se pourchassaient. Tout sentait le calme et le repos, pendant que se préparait le mystère de l'heure qui allait sonner.

Escander s'était isolé, sans rien perdre de ce qui se déroulait sous ses yeux analyseurs, sa pensée s'en allait vers celle qui, maintenant, tenait tant de place dans sa vie. Il la revoyait, dans sa douloureuse rêverie, si fine, si élégante, si femme ! Il entendait encore sa voix musicale raconter ce qu'avait été sa vie de labeur, saine, tranquille. A l'idée que, peut-être, il ne reverrait jamais plus cet être si cher, ses poings se fermaient avec tant de force que ses ongles entraient dans la paume de ses mains.

Cependant l'heure passait. La chaleur augmentait toujours.

Le général commandant les troupes décida d'attendre encore. Cependant, la chaleur devenait intolérable; déjà des branches mortes craquaient, les feuilles commençaient à se recroqueviller, presque à vue d'œil. Il y eut un appel de clairon, net, strident, et les savants s'envolèrent vers les abris qui leur avaient été ménagés. Le général et ses officiers, entourés des journalistes, restèrent seuls debout.

Enfin, le général leva le bras; alors le canonnier qui devait donner le signal fit partir sa pièce.

Immédiatement des langues de feu s'élancèrent furieusement vers le ciel. Il se produisit une détonation si formidable que la terre en fut secouée. Là-haut, dans le ciel, d'autres détonations terribles éclatèrent; pendant une demi-seconde, l'espace céleste devint d'une lividité qui fit tourner en véritable malaise l'étonnement apeuré de ceux qui la virent. Il y eut une nouvelle explosion aussi formidable que la première; un grand souffle de vent secoua les arbres, comme si chacun d'eux, saisi par une main monstrueuse et invisible, allait être arraché; beaucoup d'ailleurs le furent : des arbres de trente ans furent couchés comme des épis.

Subitement la température baissa aussi soudainement qu'elle avait monté; puis, pendant vingt minutes, les hommes terrés entendirent des chutes effrayantes. Quand tout bruit eut cessé, à part celui du vent qui continuait à souffler, et sur un appel du clairon, soldats, savants, journalistes sortirent de leurs abris. Le ciel était redevenu limpide.

Les recherches commencèrent aussitôt et durèrent une partie de la journée. Toutes les choses trouvées furent apportées aux pieds du général qui les faisait classer et numéroter. Des restes humains carbonisés furent recueillis en grand nombre, quelques-uns déchiquetés seulement, épargnés par le feu, ce qui permit de constater que ceux à qui ils avaient appartenu n'étaient pas de race blanche; la coloration de la peau ne retint pas seulement l'attention des savants, mais aussi la petitesse et la fragilité des attaches. Selon eux, on se trouvait en face de restes d'Asiatiques.

Des fragments d'aluminium, tordus déchirés, sans forme, furent aussi recueillis, ainsi que de grands et de petits morceaux d'une étrange matière, devant laquelle les savants restèrent sans réponse.

Cependant, ils remarquèrent que cette matière présentait, sur toute sa surface, des facettes singulières, presque microscopiques.

Ce fut tout ce qu'ils purent constater.

Le général attendit jusqu'au soir, tout prêt à l'action, mais, le ciel ayant repris sa placide uniformité, il fit sonner le ralliement et la soupe, attendant de nouveaux ordres...

Quand Paris apprit que les Radjisraks n'avaient pu réussir à incendier la forêt d'Orléans, choisie par eux pour être réduite en cendres, et que, au contraire, ils n'avaient pu résister aux formidables engins dressés contre eux, on considéra tous les maux dont ils étaient les auteurs comme terminés et, avec sa mobilité d'impression si caractéristique, Paris manifesta sa joie avec exubérance.

Mais à minuit s'abattit sur la ville en fête, comme un vent de malheur, la nouvelle que toute la forêt d'Orléans était en flammes !

La stupeur, l'incrédulité, puis le désespoir, quand cette nouvelle fut confirmée, furent indescriptibles. La foule eut conscience de la puissance terrible des bandits inconnus. Leur première tentative ayant échoué, ils s'étaient résolus à une seconde qui avait réussi, et rien ne disait qu'une troisième n'était pas en préparation, là-haut, dans le velours noir du ciel constellé d'étoiles...

XIV

LE MAITRE DU MONDE

Le lendemain, le président du Conseil était occupé à lire le rapport définitif du général commandant les troupes envoyées pour défendre la forêt d'Orléans, et, malgré le quasi-succès obtenu lors de la première manifestation des Radjisraks, le ministre ressentait une véritable angoisse.

Averti par la chaleur qui recommença vers dix heures du soir, le général avait de nouveau fait ouvrir le feu, mais vainement cette fois : la chaleur ne cessa d'augmenter jusqu'au moment où le sinistre éclata dans un coin de la forêt, à la lisière ouest.

C'était un désastre. Les morts étaient nombreux, des caissons d'artillerie ayant sauté. La forêt était presque entièrement détruite.

Le ministre en était là quand un huissier apporta une large enveloppe scellée d'un gros cachet de cire d'or.

« Qui a remis cela?

— Un homme qui a dit que M. le président devait être éveillé s'il dormait, et qui est parti, sans rien ajouter.

— C'est bien, allez. »

Resté seul, le président du Conseil tourna et retourna la large enveloppe, l'examinant curieusement à cause du cachet, qui lui donnait un certain air étrange; puis il l'ouvrit.

La feuille que contenait l'enveloppe était double ; en haut, elle portait un curieux dessin enluminé : deux triangles accolés, l'un la pointe en l'air et rouge, l'autre la pointe en bas et bleu.

Ce document, qui plongea le ministre dans un désarroi complet, était ainsi conçu :

« Moi,

« Maître des éléments, du feu, de la glace et du vent,

« Je dis :

« Au président du Conseil de France, aux envoyés des autres pays nommés dans la présente missive :

« L'heure est venue.

« Demain, au milieu du jour, celui qui détient tous pouvoirs se présentera *seul* au ministère de l'Intérieur, pour y dicter les conditions de la paix du monde.

« Les ministres d'Angleterre, d'Amérique, d'Italie, sont sommés de se rendre à cette convocation.

« Pendant toute la durée de Ma présence dans l'hôtel du ministère, le danger suspendu sur Paris répondra de Ma vie. Si la moindre tentative était dirigée contre Ma Personne, la ville cesserait d'exister avant la nuit et il n'y aurait plus que cendres là où Paris aurait été.

« Les conditions posées ne pourront être modifiées.

« Il faudra y souscrire ou craindre les pires catastrophes.

« *Celui qui commande et qui veut être obéi.* »

La stupéfaction du ministre fut telle qu'il resta sans faire un mouvement ; la feuille tremblait entre ses doigts.

Affolé, il se précipita à l'Elysée. Le président de la République le reçut immédiatement. Les deux hommes d'Etat causèrent longuement; des huissiers, par la suite, racontèrent qu'il y eut des exclamations, des éclats de voix. Une heure après son arrivée, le ministre quitta le président et revint au ministère.

Alors, le téléphone, les cyclistes, tous les moyens de communication rapide furent mis en jeu. Les ambassadeurs visés dans l'arrogante missive furent prévenus. L'Imprimerie nationale reçut à composer, pour le matin même, ainsi que l'imprimerie du *Journal Officiel*, une affiche qui devait être apposée, aux premières heures du jour, sur toutes les surfaces pouvant la recevoir. Les troupes cantonnées aux environs de Paris devaient se rassembler avec leur matériel sur pied de guerre. Enfin, tous les directeurs de journaux furent appelés immédiatement, c'est-à-dire entre deux et trois heures; puis les ministres furent informés qu'un conseil extraordinaire aurait lieu à six heures du matin à l'Elysée.

Dans l'esprit du ministre, il n'était pas question de prendre, au cours de ce conseil, des mesures, d'y préparer une résistance, mais seulement de faire connaître ce qui avait été décidé à la suite de la stupéfiante mise en demeure.

Les directeurs de journaux, introduits à deux heures et demie, reçurent au nom de la Patrie en danger, l'ordre de ne rien dire des événements qui se préparaient et qu'ils connaissaient, car, fidèles à la tactique qu'ils avaient toujours suivie, les Radjisraks avaient fait passer aux journaux des notes leur annonçant ce qui allait avoir lieu. Il fut arrêté que les journaux reproduiraient purement et simplement l'affiche que le Gouvernement allait faire poser.

A trois heures du matin, le ministre était informé que les troupes alertées étaient en route. Des patrouilles de gardes républicains et de dragons furent mises en marche. Pour diminuer les dangers d'explosion, on décida que les gazomètres n'enverraient de gaz nulle part à partir de midi.

Enfin, toutes ces mesures adoptées, le ministre se jeta sur un divan; incapable de s'engourdir dans le sommeil, il put cependant accorder un peu de repos à son corps exténué.

Au tout petit matin, une armée d'afficheurs se répandit dans la capitale qui fut bientôt couverte de ces affiches dont on peut lire encore le texte conservé à la Bibliothèque nationale :

RÉPUBLIQUE FRANÇAISE

Au Peuple

« L'état de guerre est proclamé. La censure est rétablie.

« La population est prévenue qu'aujourd'hui, ainsi que les journées suivantes, sauf contre-ordre, des mouvements de troupes auront lieu autour de Paris et dans la capitale. Le Gouvernement compte que chacun conservera son calme; la ville ne court aucun danger et le Gouvernement veillera à ce qu'il en soit toujours ainsi.

« Cependant certaines précautions doivent être prises.

« Le trafic du Métropolitain sera suspendu à partir de midi jusqu'à avis contraire.

« La circulation des voitures et des piétons est également interdite. Toute infraction à cet ordre sera punie de quinze jours à un mois de prison et d'une amende de 50 à 500 francs.

« Les particuliers et les établissements publics sont prévenus que la fourniture du gaz et de l'électricité sera suspendue à partir de midi jusqu'à nouvel ordre.

« Toute tentative de désordre sera passible des tribunaux militaires.

« Les sonneries de cloche et la berloque annonceront la cessation de cet état de choses.

« La population doit garder son sang-froid. »

XV

CELUI QUI VINT AU RENDEZ-VOUS

Une lourde anxiété régnait dans le grand salon du ministère de l'Intérieur, où les ministres étaient rassemblés avec les présidents des Chambres; derrière ce premier groupe se pressaient, immobiles, les ambassadeurs désignés dans la mise en demeure des Radjisraks. Une table recouverte d'un tapis de velours rouge avait été apportée, non pas qu'on eût à écrire dessus ou à s'asseoir autour : son rôle semblait plus exactement être celui d'une barrière qu'on ne doit pas dépasser.

Au dehors, un étrange phénomène se manifestait depuis quelques instants dans le ciel et continuait de se développer.

A midi, on avait vu venir de l'ouest une masse assez épaisse de petits points brillants. Ces points, divisés en deux groupes, formaient deux triangles avançant la pointe en avant, comme un vol de canards. Leur luminosité semblait due à la réverbération solaire; comme ils paraissaient, vus au télescope, être animés d'un mouvement vibratoire, on en conclut qu'on se trouvait en présence de machines à voler, d'un système et d'une structure inconnus.

De quel coin du monde s'élançaient ainsi, dans les airs, les bandits? De quel coin ignoré de la planète? Personne n'en savait rien et les enquêtes ouvertes à ce sujet n'avaient rien donné. Cependant l'opinion publique penchait pour les grandes solitudes d'Amérique ou de l'Inde. Seul Escander était d'un autre avis, mais il n'en disait rien. En somme, aucune indication précise, digne d'être retenue n'avait été fournie par les recherches.

L'observation des points brillants et de leur course dans l'espace permit d'établir que leur allure pouvait atteindre 200 à 250 kilomètres à l'heure.

Arrivés au-dessus de Paris, ces corpuscules, cessant de former deux triangles se dispersèrent et, par une manœuvre aussi savante que celle qu'eussent exécutée sur terre des troupes parfaitement entraînées, vinrent s'immobiliser au-dessus de la ville; alors ces points scintillants grandirent, devinrent plus visibles à l'œil nu, et, comme pour bien révéler leur présence, descendirent encore jusqu'à environ deux à trois mille mètres, altitude à laquelle ils se maintinrent définitivement.

Les plus puissants appareils des observatoires furent dirigés contre eux, mais, ces appareils, si perfectionnés, à l'aide desquels on pouvait plonger dans les profondeurs célestes, étudier les astres les plus éloignés, ne purent montrer que des formes imprécises, tant elles se confondaient avec les couches atmosphériques.

Un des observateurs émit pourtant l'hypothèse, qui fut jugée vraisemblable, que ces machines, construites avec le minimum de matières opaques, étaient de plus, en certaines de leurs parties, animées d'un mouvement vibratoire et dotées de miroirs réfléchissant la lumière et les nuages.

A deux heures, une limousine somptueuse, conduite par un chauffeur coiffé d'un turban et vêtu d'une impeccable livrée marron, fit, place Beauvau, un savant virage et pénétra hardiment dans la cour du ministère de l'Intérieur où elle vint stopper sous la véranda.

Dans le grand salon, au premier étage, le crissement des roues sur le gravier avait été perçu ; les conversations s'arrêtèrent, il y eut un mouvement dans la foule des ministres et des diplomates. Ceux qui étaient assis se levèrent, tous étaient tête nue, excepté les attachés militaires; un silence lourd, imposant, s'établit et pesa.

Il se passa à peine une minute. La porte fut ouverte par deux huissiers qui s'effacèrent et, dans l'encadrement du haut chambranle, un homme apparut.

C'était Tocra-Dasi-Pal.

Il y eut, parmi ceux qui attendaient, un bref mouvement de stupéfaction.

Tocra était somptueusement vêtu d'étoffes de soie légère sur lesquelles était jeté, attaché aux épaules, un manteau de velours rouge, brodé d'or, constellé de perles; sa tête fine et altière était coiffée d'un turban de mousseline de soie blanche dont un pan léger lui retombait sur l'épaule droite. Au côté gauche il portait un sabre courbe dont la poignée et le fourreau étincelaient d'or et de pierres précieuses.

Il s'avança d'un pas lent. Son regard froid, dur, volontaire, dominait le groupe qui se tenait devant lui. Arrivé à la table, il s'arrêta, fit un salut en portant la main à son front et se croisa les bras.

Absolument comme s'il ne l'avait jamais vu, obéissant peut-être à un protocole établi à l'avance, le président du Conseil se détacha d'un pas et dit :

« Qui êtes-vous? Que voulez-vous? »

Tocra-Dasi-Pal eut un indéfinissable sourire.

D'une voix lente, mesurée, il parla. Sa voix seule se faisait entendre, aucun bruit ne venait du dehors troubler cet instant solennel.

« Avant de répondre sur ce que je suis ou sur ce que j'étais, je dois vous rappeler que je viens ici, armé de formidables pouvoirs. Vos villes détruites, vos milliers de nationaux morts par suite de votre entêtement, vos pays ravagés en sont d'éloquentes preuves. Ne m'obligez pas à les renouveler.

« En ce moment, des hommes placés pour être vus de ceux qui doivent les voir se tiennent prêts à donner, à l'aide d'appareils spéciaux, aux deux mille avions qui dominent votre ville, le signal de la détruire de fond en comble, malgré vos précautions militaires : si je ne passe pas devant eux avant une heure, ils donneront ce signal.

— Alors vous mourrez avec nous, dit l'ambassadeur d'Angleterre, avec une froideur glaciale.

— Je mourrai avec vous, » continua Tocra-Dasi-Pal sans se départir de son attitude, mais son regard, d'un noir éclat, prit encore un caractère plus résolu. « Je mourrai avec vous. On ne risque pas de telles choses sans faire le sacrifice de sa vie.

« Qui je suis ? avez-vous demandé, Hier encore j'étais le rajah de Vellore; aujourd'hui, je suis l'empereur des Indes, maharajah, par ma Force et ma

TOCRA ÉTAIT SOMPTUEUSEMENT VÊTU D'ÉTOFFES DE SOIE LÉGÈRE

Volonté, du Nizam, de Mysore, de Baroda, de Lahore, du Népaul, de la Birmanie, de Goa, Pondichéry, Chandernagor, etc. Héritier de tout ce qu'a laissé derrière soi l'Inde d'autrefois, je dis à l'Angleterre : « Retire tes troupes exécrées du sol sacré qu'elles souillent. » Je dis à la France, au Portugal, à tous ceux qui ont envahi le pays où règnent mes dieux : « Allez-vous-en, ou craignez ma colère. »

Sa voix tremblait légèrement ; elle était devenue plus gutturale.

« J'ai derrière moi, continua-t-il, dix millions d'hommes entraînés et pourvus d'armes; j'ai en main une puissance dévastatrice, contre laquelle vous ne pouvez rien. Si dans un mois, jour pour jour, je n'ai pas reçu la plus entière satisfaction à tous mes désirs, au nom de Siva le destructeur, j'anéantirai vos pays. J'ai dit. »

De nouveau il leva la main à son front et fit un pas en arrière.

L'ambassadeur d'Angleterre esquissa un geste, comme s'il allait parler, mais Tocra, d'un autre geste bref, hautain, lui imposa silence et, se retournant, s'en alla de son pas souple, un pas de félin.

Ainsi, la France, l'Allemagne, l'Angleterre, l'Amérique, l'Italie avaient fourni les millions nécessaires pour que cet aventurier, ce petit prince hindou mît sur pied et armât la plus formidable des révoltes.

Ainsi, sans le savoir, sans rien prévoir, les deux plus grandes démocraties du monde avaient contribué à créer un empire absolu, et qui sait si, un jour peut-être prochain, cet homme, à condition seulement que la vie lui en laissât le temps, cet aventurier de génie, ayant su mettre une découverte encore inconnue au service de son ambition démesurée, n'exigerait pas l'omnipotençe suprême?

l'amende et la prison « pour voir », et se lança derrière la limousine de Tocra. On sut par la suite qu'elle renfermait trois journalistes résolus à

Quand celui qui venait de dicter sa volonté aux grandes puissances eut fermé la portière de sa limousine, celle-ci démarra et franchit en vitesse la grille de la place Beauvau. Immédiatement une autre auto, remisée dans la rue de Miromesnil, traversa le cordon d'agents qui maintenait quelques curieux ayant risqué tout pour faire un reportage sensationnel. Il le fut en effet, mais ils n'en goûtèrent pas les avantages. L'automobile venait à peine de s'engager sur le pont Alexandre, que la limousine avait déjà traversé, quand un homme s'élança de derrière un pilastre, fit deux pas et jeta quelque chose sur la voiture de louage.

Une explosion formidable se produisit, et il ne resta plus que des débris informes du taxi et de ceux qu'il avait contenus; quant à l'homme, il agonisait encore quand on le ramassa.

La limousine fila à toute allure, gagna Sèvres, pénétra dans une villa dont la porte se referma; alors Tocra descendit, pendant que le chauffeur hindou, ouvrant le réservoir d'essence, y mettait le feu, puis il rejoignit son maître déjà installé à bord d'un hélicoptère au repos sur une pelouse; le serviteur s'installa derrière Tocra-Dasi-Pal, et la machine, d'un élan vertical, s'éleva dans l'azur.

Arrivé à une certaine hauteur, le serviteur fit jouer un appareil à signaux, et immédiatement tous les points lumineux dont le ciel était constellé se réunirent en deux triangles et se perdirent dans les profondeurs bleues du ciel.

XVI

LA CAPTIVE

Quand Germaine Laurière eut repris ses sens, elle sentit qu'elle était étroitement enveloppée d'une étoffe sombre qui ne lui laissait la faculté d'aucun mouvement; en face d'elle, elle vit un individu très correct, vêtu à l'européenne, mais coiffé d'un turban.

« Mademoiselle, lui dit-il, d'une voix charmante, très douce, au moindre cri que vous pousseriez, je me verrais, à mon regret, dans l'obligation de vous appliquer ce bâillon. Veuillez ne pas me forcer à en venir là, je vous prie.

— Qu'attendez-vous de moi?

— Vous le saurez plus tard, l'heure n'est pas venue de vous le dire; vous êtes entre les mains d'un puissant maître, c'est lui qui décide. »

A partir de ce moment, l'homme garda le plus profond silence ; aucune question, aucune parole de la jeune fille ne purent l'en faire sortir.

La limousine filait dans la nuit avec rapidité et rien ne pouvait indiquer à Germaine la direction qu'elle suivait.

Au petit jour, l'homme sortit de sa poche un flacon d'or ciselé qu'il déboucha et passa sous les narines de la jeune fille, qui immédiatement tomba dans un profond sommeil.

Sa jolie tête se pencha sur son épaule, elle poussa un soupir et ne fut plus qu'une chose inerte.

L'homme baissa les stores et la voiture continua sa course furibonde dans une campagne verdoyante où les villages succédaient aux villages.

A huit heures du matin, elle vira brusquement et elle emprunta un chemin soigneusement entretenu qui aboutissait à une lourde porte charretière qu'elle franchit; là, elle s'arrêta devant la façade d'un château ancien qui avait été l'objet de restaurations.

Ce château se dressait au bord d'une falaise dominant une baie.

La jeune fille fut tirée de la voiture et des serviteurs hindous la montèrent dans un grand salon où ils défirent le long suaire qui l'enveloppait.

Alors l'homme qui l'avait accompagnée dans la voiture commença, avec un large éventail, à fouetter le visage de Germaine d'un souffle frais, et peu à peu la jeune fille revint à elle.

Elle promena autour d'elle un regard atone, car elle n'avait pas encore retrouvé le plein exercice de ses facultés; mais bientôt ce ne fut plus un simple automate que l'homme debout, les bras croisés, contemplait d'un regard aigu et froid.

La première question fut :

« Que me voulez-vous ?

— Vos amis et vous-même avez recherché un homme que nous cachons et que vous connaissez. Dans sa sagesse, le Maître a voulu faire de vous un otage contre vos amis : votre vie dépend de leurs entreprises pour retrouver cet homme et vous-même. Ce soir vous verrez Jacques Lambert. Le Maître sera ici dans deux jours, il statuera. »

L'homme frappa dans ses mains, deux autres Hindous parurent.

Ils saisirent Germaine par les bras, la contraignirent à se lever et l'entraînèrent jusque dans une chambre dont ils refermèrent soigneusement la porte.

Germaine, qui avait repris tout son libre arbitre et son sang-froid, examina la pièce et se convainquit qu'elle était prisonnière.

La seule fenêtre qui éclairait cette chambre était cadenassée et derrière la porte elle entendait le pas feutré d'un gardien.

La jeune fille se passa de l'eau sur le visage, refit sa coiffure, arrangea ses vêtements, puis, tout à fait en possession d'elle-même, elle réfléchit.

Dans l'incertitude où elle se trouvait, une chose la rassurait : Escander ferait tout au monde pour la retrouver, car, avec cette admirable intuition qu'ont les femmes, elle avait démêlé, sous les attentions qu'il avait pour elle et les paroles presque banales qu'il lui adressait, le profond amour qui l'animait.

Vers le soir on gratta à sa porte et on l'ouvrit. Un homme était debout dans l'encadrement, et derrière lui se tenaient les deux Hindous qu'elle connaissait bien.

L'homme entra, la porte fut refermée.

« Jacques Lambert! s'écria Germaine.

— Oui, fit l'homme, Jacques Lambert.

— Que faites-vous ici? Pourquoi y suis-je?

— C'est la volonté du Maître, le Maître qui peut tout. »

Jacques Lambert était tel qu'elle l'avait connu : quelques mèches blanches parsemaient sa chevelure; son œil soupçonneux, craintif, était toujours en éveil. Germaine, dès ses premières paroles, reconnut en lui l'homme infatué de lui-même, pétri d'orgueil et à demi fou qu'elle avait naguère connu.

Il s'était assis et, peu à peu, il se laissa entraîner aux confidences, conduit par le désir puéril d'exciter, croyait-il, l'admiration de la jeune fille, mû par le sentiment qu'il avait de sa supériorité.

Alors, avec une exaltation croissante, il parla de ses travaux secrets, sans toutefois entrer dans les détails scientifiques de sa plus extraordinaire découverte.

Puis il confessa que cette invention merveilleuse, il l'avait non seulement vendue au rajah Tocra-Dasi-Pal, mais qu'il avait monté, dans le château même où ils se trouvaient tous deux, une fabrique en grand de la matière inventée.

« C'est une merveille, cette demeure, conclut-il; en dehors de ma matière, on y a fabriqué aussi une série d'avions merveilleux, des hélicoptères qui dépassent en rapidité et en stabilité tout ce qui a été fait jusqu'ici. J'ai grâce au génie que vous me connaissez, rendu ces avions parfaitement invisibles. Vous serez saisie d'admiration en contemplant l'ensemble de mon œuvre !

— Et, demanda froidement la jeune fille, à quoi servent ces inventions ?

— Je l'ignore... J'ai passé avec le Maître un contrat qui prendra fin l'année prochaine : alors je toucherai six millions, vous entendez, six millions! D'ici là, je l'avoue, je ne puis sortir de cette demeure, ma vie se passe dans les laboratoires et les usines souterraines, mais après!... »

La jeune fille se leva.

« Voulez-vous savoir, Jacques Lambert, à quoi sert votre merveilleuse invention? »

Alors, pathétique, violente, elle dit, avec un mépris et une colère grandissants, tout ce que le monde avait souffert : les pays dévastés, ruinés, les morts, les femmes en deuil, l'épouvante paralysant la vie.

En l'entendant, l'homme s'était transformé; il avait écouté la jeune fille, tout d'abord avec indifférence et incrédulité, mais, dans cette âme de ténèbres quelque chose s'était glissé : le remords. Il vit avec effroi tout ce dont il était la cause, un frisson le saisit et le secoua; il allait parler, mais la porte s'ouvrit.

L'Hindou, celui que le rajah appelait Ravana, son secrétaire intime, et qui venait d'amener Germaine au château du Hoc, entra, calme et froid, laissant ouverte la porte par laquelle on pouvait voir deux autres Hindous, fortement armés.

« Cet homme, mademoiselle, ne vous a pas tout dit. Au moment où il vint trouver mon maître, une série de crimes désolait votre pays. Ceux qui en étaient victimes mouraient soit de congestion par le froid, soit de congestion par la chaleur; chaque fois le crime était suivi de vol...

« Quand mon maître, en qui réside toute sagesse, eut en main un morceau de la matière découverte par cet homme, il fit un curieux rapprochement entre ces crimes et les propriétés de cette matière. Nous l'expérimentâmes sur un de nos serviteurs rebelle, et la preuve fut acquise; ce qui fait que l'homme que voici se trouve placé entre le bourreau de son pays et les volontés de mon maître. Vous perdez votre temps, mademoiselle, à vouloir convertir ce bandit; pour nous, nous poursuivons une œuvre sainte, rien ne nous arrêtera dans sa réalisation. »

Puis s'adressant à Lambert :

« Il vous était défendu de parler; j'ai voulu éprouver la sincérité du serment que vous avez fait : vous allez être puni. »

Lambert était devenu livide.

Ravana fit un signe ; les deux Hindous vinrent prendre le chimiste et l'entraînèrent. Ravana se tourna vers la jeune fille :

« Vous ne serez pas longtemps notre prisonnière, mais tant que vous serez ici je vous engage à ne pas oublier que votre vie est peu de chose et qu'elle est entre nos mains. »

Il sortit, la porte se referma, Germaine resta seule. Elle se flattait déjà d'avoir recruté un auxiliaire, dans ce Lambert à l'âme pleine de ténèbres et au sein de laquelle elle avait fait pénétrer un pauvre et fugitif rayon de lumière. Mais, maintenant c'était fini, le filet jeté sur elle avait des mailles trop solides et trop serrées pour qu'elle pût se flatter d'y échapper un jour.

Accablée, elle tomba assise, la tête dans ses mains, en proie à un trouble et à un désespoir inexprimables.

XVII

UN ETRANGE CHATEAU

Chaque jour Escander recevait un ou deux rapports des agents de la Sûreté qu'il avait envoyés en mission. Aucun n'était satisfaisant.

Verdeau rentra. Il s'était attaché à Tocra-Dasi-Pal comme son ombre ; il avait vu partir le yacht : Germaine n'était pas à son bord.

Enfin, un rapport de Bayeux l'informa qu'une puissante auto venait régulièrement deux fois par semaine faire des provisions de bouche; cette auto était conduite par deux Chinois ; un troisième Chinois faisait les achats.

« Comme on dit que ce sont des Chinois, je n'ai pas pisté cette voiture : j'attends vos ordres. »

Ainsi se terminait le rapport, court mais clair, comme on voit.

« L'imbécile, dit Escander, l'idiot ! »

Ce fut tout. Escander ne perdait jamais son temps. Il monta immédiatement chez Le Sauter, eut avec lui un entretien d'une demi-heure et redescendit presque radieux.

« Mon vieux, dit-il à Verdeau, nous partons.

— Où ça ? dit Verdeau qui noircissait du papier à musique.

— J'ai envie de vous montrer la cathédrale de Bayeux. C'est un très beau monument. »

Verdeau, que rien n'étonnait plus, poussa un soupir, rangea sa musique et dit : « Allons ».

« Oui, allez prendre un complet de voyage, mettez du linge dans une valise, prenez votre revolver, deux lampes de poche, je vais en faire autant et dans une demi-heure, ici, au trot. »

Verdeau était déjà parti. Une demi-heure après les deux hommes se mettaient en route à bord d'une puissante limousine.

Ils arrivèrent à Bayeux au matin, justement un jour de marché. Ce ne fut qu'un jeu pour eux de découvrir l'auto qui venait aux provisions et de reconnaître que les prétendus Chinois étaient des Hindous, vêtus comme des gens de bonne maison et coiffés de casquettes.

« Il s'agit de savoir d'où viennent ces gens-là, dit Escander.

— Si les maraîchères de Normandie sont comme leurs sœurs parisiennes, dit Verdeau, nous le saurons dans cinq minutes. »

Les deux hommes observèrent de loin, et quand l'Hindou eut rassemblé ses achats et quitté une marchande, Verdeau s'approcha de celle-ci.

Au bout d'un instant, il revint vers Escander :

« Ce sont des Chinois qui habitent un château, près de la mer, par là... C'est tout ce qu'a pu me dire la brave femme... C'est plutôt vague comme indication, ajouta-t-il.

— Nous allons nous débrouiller, dit Escander. Une seule bonne route conduit à la mer, à Port-en-Bessin ; je viens de consulter la carte. En avant, vite ! Rien ne vaut, pour filer les gens, comme de les devancer. »

Escander avait deviné juste. Il y avait à peine une heure qu'ils roulaient à petite allure sur la route, unie comme un ruban, que Verdeau, qui jetait souvent des regards derrière lui, dit :

« Voici l'auto. »

Escander maintint sa vitesse, et continua de précéder l'autre voiture, jusqu'à Port-en-Bessin. Là, en face d'un débit de tabac, il s'arrêta, pénétra dans la boutique, acheta une boîte de cigares et laissa l'auto mystérieuse prendre une certaine avance. On dépassa ainsi Saint-Laurent, Vierville sur-Mer, et l'auto des Hindous, suivie par celle des journalistes, continua sa route vers Grandcamp. Un peu après avoir dépassé Englesqueville, l'auto conduite par les Asiatiques tourna sur la droite. Escander fit :

« Ouf ! nous y sommes ! »

Cependant il dépassa ce point, toujours à la même allure, et s'arrêta devant la petite gare de Saint-Etienne-du-Mont.

Là, l'employée du chemin de fer local les renseigna.

Depuis plus d'une année, un richissime étranger avait acheté l'ancien domaine du Hoc, situé à l'extrémité d'une falaise, à l'ouest de Grandcamp. Cet homme étudiait, paraît-il, les choses de la mer. C'était un grand savant, entouré de nombreux serviteurs qu'on ne voyait jamais.

Escander exultait. Il tira de cette brave femme tout ce qu'il put, et cela lui permit d'étayer assez fortement son opinion, à savoir que, enfin, il touchait au but. Cependant il conservait encore des doutes, et, tout en revenant à Vierville, où il voulait établir son quartier général, il en fit part à Verdeau :

« A mon avis, dit-il, il y a lièvre au gîte, mais est-ce bien celui après qui nous courons ? Je n'en doutais pas à Paris ; ici, depuis un instant, je suis singulièrement troublé et je me demande pourquoi cette formidable association serait venue dans ce pays, où elle se trouve en danger d'être découverte, dans ce pays où nulle action ne peut être cachée, car vous vous en rendez compte comme moi, si quelqu'un éternue dans le village, tous les habitants en sont immédiatement informés à la minute même... Oui, je vous avoue, mon cher Verdeau, que je serais désolé, honteux même, d'avoir fait un pas de clerc.

— Impossible, dit Verdeau, en s'arrêtant pour donner plus de poids à ses paroles; je suis plus confiant que vous-même et j'ai pour cela deux raisons. La première est que je vous connais; la seconde est qu'en venant s'établir ici, ces gens n'ont pas manqué d'adresse. Rappelez-vous *la Lettre volée* d'Edgar Poë et convenez avec moi que seuls sont découverts ceux qui croient se cacher. En tout temps, en tous lieux, on a pris ceux qui ne s'offraient pas à la prise; les autres, on ne les a même pas soupçonnés ; c'est pourquoi, à mon avis, il reste tant de crimes impunis. Oui, vraiment, je crois que nous tenons le bon bout, sinon tout le peloton du fil. »

Escander venait de subir une minute de découragement ; les paroles de Verdeau le remirent d'aplomb. D'ailleurs c'était un lutteur et il s'entendait, de lui-même, à combattre ces faiblesses, assez rares, qu'il regardait comme des lâchetés.

« Mon vieux Verdeau, en vertu de l'adage qui dit qu'il faut battre le fer quand il est rouge, et si vous ne répugnez pas à une expédition nocturne, nous viendrons faire un tour ici ce soir : j'ai idée que nous ne perdrons pas notre temps.

— Je suis volontiers noctambule, » affirma Verdeau.

Les deux amis rentrèrent à Vierville, où ils remisèrent la limousine et prirent pension dans un hôtel. Ils s'y firent passer pour des photographes chargés de découvrir et de fixer sur des plaques les beautés du pays.

Cette fable leur assurait une grande liberté d'allures.

Ils déjeunèrent copieusement en vue des fatigues qu'ils auraient peut-être à surmonter, puis ils annoncèrent froidement au patron qu'ils avaient médité, tout en gardant leur chambre, d'aller coucher à Port-en-Bessin, pour photographier le bourg et faire avec un pêcheur une promenade en mer.

L'heure qui suivit fut remplie par l'étude de la carte, par la rédaction d'une longue lettre à Le Sauter, et, tout aussitôt après, les deux jeunes gens s'en allèrent rôder autour de ce château du Hoc vers lequel allait se tendre toute leur énergie.

Afin d'éviter les soupçons, ils décidèrent d'aborder le château par la mer. Après avoir traversé une énorme étendue de gros galets roulés, passé devant d'inquiétantes grottes pleines d'ombre, ils trouvèrent enfin, au fond d'une baie caillouteuse, à dix mètres de la plage, une sorte de grossier escalier qui grimpait au flanc gris de la falaise verticale ; mais, pour en atteindre les premières marches, il fallait s'aider d'une corde retenue à la muraille par des crampons de fer et profiter, en y posant les pieds, des trous ou des saillies, œuvres de la mer ou peut-être des pêcheurs.

Quand ils atteignirent le sommet de la falaise, ils étaient à peine à cinquante mètres du château.

Celui-ci, sorte de grande masse de pierre, se dressait en longueur, face à la mer ; derrière lui, un peu en retrait et de chaque côté, s'élevaient des pavillons bas, écuries, remises et peut-être dortoirs pour l'armée insolite des serviteurs.

« C'est assez curieux, dit Verdeau ; malgré le style gothique de ce qu'on peut voir de cette construction, le bâtiment principal est couvert en terrasse.

— Oui, répliqua son compagnon, et cette terrasse n'a pas de balustrade.

— On dirait, ajouta Verdeau, une terrasse d'atterrissage. »

Escander le regarda d'une étrange manière.

Les deux compagnons allèrent jusqu'au mur d'enceinte, très haut. Escander, aidé par Verdeau, put jeter un coup d'œil par-dessus le faîte ; mais son examen fut court, car il craignait de se dénoncer à l'œil attentif de quelque espion.

« Tout ceci, dit-il à Verdeau, a un drôle de caractère; tout ce qui reste du vieux château est admirable, mais les réparations qui y ont été faites sentent le provisoire ; de plus, les communs sont énormes... Nous reviendrons ici cette nuit... C'est très curieux, vraiment très curieux... »

Dans le regard de son compagnon, Verdeau revit flamber toute son énergie habituelle et, bien qu'il fût moins confiant dans le succès, il se mit à l'unisson :

« Je crois que demain nous serons en mesure d'offrir un excellent déjeuner à cette chère Mlle Laurière.

— Puissiez-vous dire vrai ! » fit Escander en lui posant la main sur l'épaule.

Verdeau eut un sourire heureux, c'était la première fois que le pauvre garçon souriait. Mais il avait une telle foi dans son ami, il le savait si clairvoyant, si audacieux que, lui naguère si découragé, si plein de pessimisme, sentait déjà la certitude du succès poindre à l'horizon.

Depuis tant de temps qu'il était muet, cela ne pouvait durer et tout en cheminant aux côtés de son ami, il se mit à siffloter l'air de la patrouille des *Chevaliers du Guet*.

XVIII

UNE ESCALADE DANS LA NUIT

A neuf heures du soir, Escander et Verdeau quittèrent l'hôtel de Vierville, annonçant à l'hôtelier que leur intention était d'aller coucher à Grandcamp, mais qu'ils reviendraient le lendemain dans la matinée.

Les routes étaient désertes, la nuit s'annonçait belle, un peu trop claire au gré d'Escander, mais Verdeau lui assura que le vent, qui soufflait assez fort de l'ouest, ne tarderait pas à amener des nuages.

Un peu après Englesqueville, ils tournèrent brusquement à droite, filant, sans prononcer un mot, dans l'ombre des talus et des haies ; Verdeau butta plusieurs fois, Escander faillit sombrer dans un fossé, mais tous deux se tirèrent d'affaire. Déjà ils approchaient du mur d'enceinte, quand Verdeau posa brusquement sa main sur l'épaule d'Escander. Les deux hommes s'arrêtèrent, l'oreille tendue : un bruit se faisait entendre, très distinctement. Justement, à cet instant, des nuages s'amoncelèrent, comme l'avait prédit Verdeau, et voilèrent la lune. Pendant cinq minutes, qui leur parurent l'éternité, ils restèrent là, immobiles, retenant leur souffle.

Enfin, un rayon, glissant entre deux nuages, leur montra un paisible cheval qui, dans un pré, tournait mélancoliquement autour de son piquet.

« Imbécile ! » lui dit Verdeau.

Enfin, ils arrivèrent. Les deux hommes observèrent soigneusement le mur et choisirent un endroit que protégeait l'ombre projetée par un grand arbre. Escander, aidé par Verdeau, atteignit rapidement le faîtage du mur sur lequel il se coucha ; alors il se pencha, tendit les deux mains à son compagnon qui, non moins adroit et plus léger, le rejoignit sans encombre. Pour les découvrir, allongés contre le mur et enveloppés par l'obscurité, il eût fallu la sagacité d'un veilleur soupçonneux.

« Et maintenant ? demanda Verdeau.

— Maintenant, mon petit, je vais partir à la découverte et vous allez rester ici; la position est peu confortable, mais ce n'est qu'un moment à passer. Si nous sommes découverts l'un ou l'autre, il faut qu'il en reste un pour continuer la tâche entreprise. Il est absolument nécessaire que l'un de nous conserve sa liberté et ne fasse rien pour délivrer l'autre. C'est bien compris ?

— Oui.

— Bon. Je vais donc, comme je vous le disais, partir à la découverte. Si vous entendez le bruit d'une lutte, un cri — car je crierai si je suis pris — laissez-vous tomber et filez tout droit jusqu'à Saint-Laurent, prenez la voiture, et en route pour Paris !

— Entendu. »

Alors Escander, se laissant glisser, tomba légèrement sur la terre meuble d'une plate-bande.

Le temps avait brusquement changé, on sentait la tempête prochaine ; de gros nuages noirs couraient dans le ciel. Escander, dissimulé dans l'ombre, attendit que la lune se dévoilât ; grâce à ses rayons, qu'elle projeta pendant à peine une minute, il put étudier les entours. Il découvrit une sorte de sente qui conduisait à une porte, autant qu'il put en juger. Il décida qu'il rejoindrait ce sentier et qu'il le suivrait jusqu'au château. Quand de nouveau une profonde obscurité régna, il courut sur la pointe du pied jusqu'à l'habitation et se blottit, retenant sa respiration pour mieux percevoir les bruits.

Tout était silencieux. Maintenant, qu'allait-il faire ?

Entreprendre de visiter les alentours ? Il les jugea vite d'un intérêt secondaire. Essayer de pénétrer dans le château ? Oui. Mais comment ?

Un phénomène, qu'il n'avait pas tout d'abord remarqué, attira son attention. L'ombre dans laquelle il se trouvait était tantôt très dense, et tantôt s'éclairait, et ces alternances se produisaient selon un rythme régulier.

Il constata bientôt qu'elles étaient dues à un arbre qui, à vingt ou trente pas sur sa droite, balançait son panache dans la nuit, à dix ou douze mètres de haut.

« Voilà, pensa le journaliste, un fameux observatoire du haut duquel je vais avoir un admirable coup d'œil d'ensemble. »

Il profita encore du passage d'un nuage, courut à l'arbre et, empoignant son fût des bras et des jambes, grimpa avec agilité jusqu'à la première touffe de feuillage assez épaisse pour le cacher.

En effet, c'était un merveilleux observatoire, mais pas encore assez élevé au gré d'Escander; il monta plus haut.

« C'est parfait, dit-il, on est ici comme chez soi... Décidément cette terrasse qui s'étend au-dessus du château est admirable, mais à quoi diable peut-elle bien servir ? »

Il fut brusquement interrompu dans ses réflexions par un fait inouï, à la réalité duquel il n'aurait pas cru s'il ne s'était passé sous ses yeux : une partie de la terrasse cimentée qui couvrait tout l'ensemble du château venait de glisser doucement sur la droite après s'être abaissée de vingt à trente centimètres, ouvrant ainsi une baie noire, trou carré plein d'ombre ; puis Escander perçut très distinctement cette sorte de sifflement que fait entendre en fonctionnant un ascenseur hydro-électrique, et bientôt apparut une chose qu'il ne put distinguer très nettement ; l'espace ouvert dans la terrasse n'était d'ailleurs pas de très grandes dimensions.

Le journaliste se demandait encore s'il n'était pas le jouet d'une illusion quand un ronronnement très doux se fit entendre. Escander était trop au courant des choses de l'aviation pour ne point reconnaître dans ce bruit celui d'une hélice brassant l'air. La lune un instant dévoilée lui montra une chose qu'il jugea métallique, en tout cas brillante, mais sa forme exacte lui échappa, tant le miroitement brouillait les formes ; au-dessus de cette chose presque immatérielle, une sorte de pale tournait lentement — une hélice ascensionnelle, pensa-t-il. Ce mouvement s'accentua, s'accéléra, au point de n'être plus perceptible ; le ronronnement devint plus fort, mais il ne devait pas être entendu à vingt ou trente mètres de distance ; puis la chose s'envola presque verticalement, et s'enfonça rapidement dans la noirceur du ciel. Alors Escander vit l'espèce de large plaque qui avait glissé sur la droite se remettre en place exactement. Personne désormais n'aurait pu supposer que la terrasse était machinée comme le plancher d'une scène de théâtre, et qu'un appareil mystérieux d'aviation, remisé dans les sous-sols, pouvait brusquement apparaître.

La joie que causa cette découverte au reporter fut immense.

« Je les tiens ! Je les tiens ! » allait-il crier ; mais il se mordit les lèvres jusqu'au sang et resta une minute, cramponné à son observatoire, avant de reprendre son empire sur lui-même.

Il se laissa glisser, fit rapidement le tour du château, découvrit une porte vitrée large et haute qui s'élevait au-dessus de trois marches. Là seulement, avec ses arcs d'ogives, le château retrouvait son aspect moyenâgeux.

Escander remarqua tout cela. Son œil habitué à bien regarder était un bon serviteur que son maître avait éduqué avec soin. Cette porte était bien tentante, mais le journaliste ne s'y attarda pas, estimant qu'elle était sans doute gardée, étant donnée sa fragilité, par un ou plusieurs gardiens qui devaient veiller ou sommeiller dans le vestibule auquel elle donnait accès. Il évita même de passer devant elle et revint sur ses pas, entreprenant de faire tout le tour du bâtiment et de rechercher une autre issue. Il ne fut pas déçu dans ses espérances ; les ouvertures ne manquaient pas, mais toutes étaient fermées soigneusement — ainsi qu'il s'y attendait.

Il se remit en quête, cette fois en dirigeant son examen vers le bas des murailles. Il avait découvert la possibilité de grimper sur la terrasse en s'aidant des saillies et des motifs architecturaux, mais à quoi cela lui servirait-il ? La terrasse, truquée et machinée, il n'en doutait pas, était, vue du dehors, unie comme la main, et les appareils qui l'actionnaient devaient être manœuvrés de l'intérieur. Ce qu'il cherchait, c'était un soupirail. Il le trouva, pas trop large, pas très haut, mais il parvint cependant à s'y couler. D'un bref éclair de sa lampe de poche, il reconnut être tombé dans un sous-sol plein de caisses vides ; il en prit deux et les dressa devant le soupirail qui venait de lui donner accès, afin de l'obturer. Certain alors de n'être point vu du dehors, il garda sa lampe allumée et inspecta l'endroit.

En face de lui, une porte, mais le chemin qui y conduisait était encombré; il le désencombra pour se ménager, le cas échéant, une retraite facile, puis il alla à la porte. Elle était fermée par une serrure solide ; mais solide aussi était le couteau suisse aux multiples outils qu'Escander portait dans l'une des poches à revolver de son pantalon ; il en ouvrit le tournevis et dévissa la serrure. La porte fut ouverte. Un escalier s'offrait à lui ; il s'y aventura, la main sur la crosse de son revolver.

Pas une minute Escander ne se demanda comment il sortirait de l'aventure. Il savait qu'il avait à faire à des ennemis inexorables, pour lesquels la mort d'un homme n'était rien, mais il allait quand même d'un pas résolu quoique précautionneux.

— Bast, pensait-il, j'ai dans mon revolver des balles qui ne demandent qu'à faire dans le monde une entrée bruyante, si le bonheur voulait que l'une d'elles allât se nicher dans la poitrine de ce Tocra-Dasi-Pal, cela avancerait notablement nos affaires. Je ne demande au Dieu du ciel que de me mettre face à face avec cet Indou, le reste me regarde. Après ils feront de moi ce qu'ils voudront... Il me serait dur cependant de ne plus voir les jolis yeux de Germaine ni d'entendre sa voix charmante... Oui, très dur. Mais je représente en l'espèce la Justice Divine et celle des hommes, cela me donne une certaine confiance !...

XIX

AUX ÉCOUTES !

Rien n'est certainement plus angoissant que de cheminer sur la pointe du pied, en retenant son souffle, en entendant battre son cœur, dans des couloirs enténébrés et déserts, avec la crainte de voir une porte s'ouvrir et quelqu'un en surgir pour vous sauter à la gorge. Ce fut avec ce sentiment qu'Escander continua sa dangereuse exploration, mais il savait dominer ses nerfs.

Frôlant les murs, il heurta une autre porte fermée, tâta, trouva la poignée, la fit tourner doucement et poussa. La porte s'ouvrit. Il était dans le vestibule du château, et sur sa droite, une grande porte vitrée laissait passer une faible lumière nocturne; mais à l'endroit où il se trouvait les ténèbres restaient épaisses; il se tenait immobile, attentif.

Le bruit de la respiration d'un être endormi lui parvint, mais rien désormais ne pouvait faire fléchir sa résolution. Il continua d'avancer prudemment, se disant qu'à l'ordinaire, dans tous les châteaux qu'il avait visités, le grand escalier faisait face à la porte d'honneur. Il avait raisonné juste. Il sentit une rampe de pierre, tâta du pied la première marche et monta.

Son regard était habitué à l'obscurité, et puis les marches étaient de pierres blanches ; il se rendit parfaitement compte qu'il était arrivé au premier étage. Trois portes s'ouvraient à égale distance les unes des autres — autant qu'il en put juger — sur ce long palier.

Il colla son oreille aux trois portes. Partout le silence. Sa main se posa sur la poignée de celle du milieu et la manœuvra lentement. L'ombre était devant lui, opaque, profonde, le silence absolu. Il fit briller sa lampe de poche et jeta un coup d'œil autour de lui. La pièce où il se trouvait était d'un luxe inouï.

Tout autour des murs, des étagères de bois précieux soutenaient des livres aux riches reliures; à leur base, de larges divans couverts de fourrures magnifiques et de riches coussins s'offraient aux méditations, à la lecture ou au repos. Au centre de cette pièce, une large table d'ébène était encombrée de documents et de cartes. Sur l'un des panneaux s'élevait la hotte d'une haute cheminée sculptée reproduisant une pagode hindoue. Devant cette cheminée, un divan était posé, près d'un petit guéridon de laque.

L'oreille toujours tendue, Escander entendit un bruit suspect ; il alla se cacher dans les épais rideaux d'une haute fenêtre et en rassembla les plis autour de lui; là, la main sur la crosse de son revolver, il attendit.

Trois hommes entrèrent. La lumière électrique brilla. Par la fente qu'il s'était ménagée, Escander, avec un battement de cœur, reconnut Tocra-Dasi-Pal et le secrétaire intime Ravana.

Après avoir feuilleté quelques documents sur la table, Tocra alla au divan de la cheminée et s'y laissa tomber avec une lassitude toute orientale. Ravana se tenait immobile devant lui.

« Je m'ennuie furieusement, Ravana, dans ce triste pays, sans lumière et sans beauté, dans cette inaction déprimante.

— Un peu de patience, maître ; votre yacht vous a déposé seulement avant-hier sur cette côte, et si peu de jours vous séparent encore du triomphe final !

— Oui, cette fois, je les tiens, Ravana. Mon but est atteint. Mon nom va rayonner sur le monde dont je serai l'arbitre... le maître si je veux, mais il faut savoir borner son ambition... L'Inde va recouvrer sa grandeur et sa liberté. Nos dieux vont retrouver les honneurs qui leur sont dus ; c'est eux qui m'ont désigné pour cette besogne et mes peuples chanteront ma gloire.

— Vous serez le Saint parmi les Saints, aussi grand que notre grand Cartikeru qui brandit les foudres de la guerre !

— As-tu des nouvelles de là-bas ?

— Oui, maître... bien qu'imprécises. On nous signale d'importants mouvements de troupes dans le Dekkan, partout dans l'Inde au delà comme en deçà du Gange, à Mysore, Nizam, Baroda, en Birmanie. De grands navires arrivent journellement dans le golfe du Bengale. Les mêmes mouvements sont remarqués dans les possessions françaises, où ont lieu aussi des manœuvres dont le sens échappe encore à nos espions.

— Laissons-les faire, Ravana, les arguments que tu connais les convaincront bientôt que là où Tocra a dit « je veux », il faut obéir. »

Il garda une minute le silence, puis :

« Combien avons-nous d'avions prêts à entrer en campagne ?

— Deux cent cinquante, maître. Nous en aurons un millier dans quelques mois.

— Tous pourvus de la matière ?

— Tous. C'est assez pour détruire la moitié de l'Angleterre en six heures, par le feu ou par le froid.

— As-tu des réserves de cristallopyr ?

— Non, maître.

— Il faut en constituer un stock ; cet homme qui le produit peut disparaître ou ne plus vouloir en fabriquer. Je suis étonné que tu n'aies pas encore surpris son secret.

— Vingt fois je l'ai essayé, maître, mais il n'a écrit aucune formule, il garde tout cela dans sa tête et quand il travaille il s'enferme derrière les portes de fer qui ferment ses laboratoires. On ne peut en toucher une sans qu'il en soit averti par je ne sais quel diabolique moyen. J'ai fait porter des fragments à Paris, à Londres, à Berlin : aucune réponse n'a été satisfaisante. Nous pouvons bien produire la matière, mais nous ne savons pas lui donner son pouvoir. C'est en tout dernier lieu qu'elle l'acquiert, quand il l'a mise tremper dans les bains ; ce secret-là, nous n'avons jamais pu le surprendre. Un jour qu'il a deviné ce que je cherchais, il m'a dit : « Si vous arriviez à pénétrer de nouveau dans mes laboratoires, je disparaîtrais, et le monde est grand. »

Il y eut un silence, puis, de sa voix douce, insinuante, le secrétaire intime reprit :

— Maître, il y a les tortures.

— Oui, nous verrons, quand nous serons là-bas... J'ai fait préparer dans les sous-sols de la pagode de mon palais, des laboratoires et une petite usine pareille à celle qui est installée ici, mais tout cela n'est pas encore au point. Il faut qu'il soit là, pour tout achever; mon intention est de l'emmener. Fais-le venir. »

Ravana s'inclina comme chaque fois qu'il recevait un ordre, puis il disparut une seconde pour revenir, accompagné de Jacques Lambert.

Celui-ci, en voyant Tocra, salua, mais tout dans son attitude était agressif.

« Eh bien ! M. Lambert, fit avec une nonchalance affectée Tocra-Dasi-Pal, vous faites méchante mine ! Qu'avez-vous ? »

Cette question s'accompagnait d'un sourire d'une amabilité extrême, mais le regard gardait toute sa cruauté féline. Comme il était placé, sous la froide crudité de la lumière tombant du plafond, le visage de Tocra, éclairé d'en haut, paraissait plus long ; les yeux, au fond de leurs orbites, avaient de fugitifs éclairs, et cet homme, tenant ses mains chargées de bagues posées sur ses genoux, semblait l'un des mille dieux qui, environnés des ténèbres bleues des temples hindous, poursuivent le rêve dont l'artiste a animé leur front ou la fixité de leur regard.

« Si c'est sincèrement, Altesse, que vous me demandez ce que j'ai, je vais avoir l'honneur de vous le dire.

— Dites.

— Quand je vous ai vendu le secret du cristallopyr et que j'ai consenti à en fabriquer autant que vous en avez voulu, j'ignorais l'usage que vous en feriez.

— Alors ?

— Alors, l'ayant appris...

— Par cette jeune fille qui est notre otage ?

— Par elle... J'ai résolu de ne plus prêter la main à vos crimes, et, désormais, dût-il m'en coûter la vie, je n'en fabriquerai plus. Tout le sang, toutes les larmes versées crient contre moi.

— Vos propres victimes sont moins éloquentes, dit froidement Tocra. Souvenez-vous cependant qu'elles sont assez nombreuses, une dizaine au moins ; pourquoi ne se joignent-elles pas aux miennes ? Je pourrais, M. Jacques Lambert, vous livrer pieds et poings liés à la police de votre pays, si je ne risquais moi-même d'être découvert. J'ai mieux... Oui, je pourrais, si j'en avais la moindre envie, vous arracher votre secret. Nos bourreaux, croyez-moi, sont beaucoup moins expéditifs que le vôtre, et ils possèdent une science tellement profonde que je les crois capables de reculer encore les limites mystérieuses de la souffrance physique humaine. C'est, par Indra ! si vrai, que je les ai vus maintenir dans leurs supplices un serviteur félon pendant quarante-huit heures : il en est sorti vivant encore, mais fou... Cependant c'était un Asiatique... ils sont durs à la douleur ; vous ne résisteriez pas. »

Escander vit frissonner Jacques Lambert.

« Croyez-moi, M. Lambert, montrez de la bonne volonté... J'ai besoin que vous doubliez la production du cristallopyr, et je compte sur vous; allez et n'oubliez pas que le jour prochain où je me séparerai de vous je vous compterai une somme de six millions. »

Sur un signe de Ravana, Lambert quitta la pièce, maté, impuissant.

Quand Ravana revint, Tocra, avec un sourire, lui dit :

« Cet homme ne paraît pas jouir d'une forte santé, Ravana ; je ne donnerais pas une roupie de sa vie. »

Sur cette plaisanterie, le rajah eut un petit rire.

Escander, derrière son rideau, se demanda sérieusement s'il n'allait pas lui sauter dessus, lui mettre son revolver sous le nez et l'entraîner au dehors, où Verdeau et lui le ramèneraient à

Paris. Ah ! certes, ce serait là un fameux reportage, un coup dont on pourrait tirer gloire! Déjà sa main se portait au rideau pour l'écarter, mais Tocra se leva : il était trop tard. D'un pas lent qui ne manquait pas de majesté, il sortit, accompagné par Ravana.

Un serviteur, derrière eux, tourna le commutateur, la lumière électrique s'éteignit, et Escander poussa un long soupir de satisfaction.

XX

UN FACHEUX ACCIDENT

Derrière son rideau, immobile, pénétré de l'orgueil légitime d'avoir mené à bien jusque-là la mission qu'il s'était donnée, Escander ne songeait plus qu'à retrouver Mlle Laurière.

Il attendit encore un moment. Le silence était si profond qu'il perçut, malgré l'éloignement, le bruit du balancier de la pendule. Alors, pleinement rassuré, il fit tourner la crémone de la fenêtre, entr'ouvrit celle-ci et se pencha au dehors.

Retourner par où il était venu était trop dangereux, Escander cherchait un autre chemin.

Le saut à exécuter, pour atteindre le sol, était d'importance : Escander le jugea impossible. Mais au-dessous de la fenêtre, un étroit entablement courait tout le long de la façade, si étroit qu'il y avait à peine la place de poser le pied.

« C'est pourtant par là qu'il faut que je me dirige, se dit le reporter... Mlle Laurière doit habiter une chambre à fenêtre, car ils ne l'ont certainement pas mise dans un cachot, ces choses-là ne se passent que dans les romans. Donc, en allant de fenêtre en fenêtre, j'ai quelque chance de réussir. »

Hardiment, comme quelqu'un qui prend un parti extrême, mais qui le prend avec courage, il enjamba la barre d'appui et posa le pied sur l'étroit chemin qui pouvait le conduire à la réussite, mais d'où aussi une chute mortelle pouvait le précipiter.

Le dos contre la muraille, les talons, seuls, posés sur l'entablement, il commença son périlleux voyage.

Il chemina ainsi, le vide sous les yeux ; la moindre saillie de la pierre, la moindre sculpture des façades pouvaient rompre son équilibre, mais il ne songeait pas au danger, et continuait d'avancer, soutenu par l'espoir qu'il allait retrouver Germaine. Il venait de contourner un coin du château et entreprenait l'exploration d'une autre façade, quand, à quelques pas de lui, un mince filet de lumière éclaira la corniche.

Allait-il s'arrêter ? Continuerait-il ?

L'hésitation ne fut pas longue : il continua.

Nous l'avons dit, le journaliste était rompu à tous les exercices du corps par un entraînement rationnel. Il s'accroupit, se coucha et, rampant sur l'étroit rebord de pierre, avança jusqu'à la fenêtre lumineuse. Là, il leva la tête et, par la fente du rideau, à travers un vitrail, il explora la pièce.

Il eut un petit rire nerveux... à moins que ce ne fût un sanglot.

Mlle Laurière était là, assise

auprès d'une table où elle écrivait !

Sans hésiter, il frappa sur le vitrail trois coups espacés, pour que la jeune fille ne se méprît pas sur la nature de ce bruit. En effet, au second coup, elle leva la tête ; au troisième, elle se dressa et vint à la fenêtre.

Escander se mit à genoux et, d'un éclair de sa lampe, illumina son visage. Germaine le reconnut. Elle joignit les mains, puis, ce premier émoi passé, elle fit comprendre qu'il était impossible d'ouvrir la fenêtre. Cela n'était pas pour arrêter Escander : à l'aide de son couteau, il entama le vitrail, dessertissant les uns après les autres les différents morceaux qui le constituaient, et, quand il n'eut plus affaire qu'à une sorte de dentelle de plomb, il la tordit, l'arracha et sauta dans la chambre.

La jeune fille, frémissante, appuyée contre un fauteuil, allait s'élancer vers lui, se blottir contre cette poitrine généreuse dans laquelle battait un cœur qu'elle se savait acquis, mais un sentiment de réserve féminine la retint. Elle tendit ses deux mains, Escander les prit, les serra doucement. L'aveu était sur leurs lèvres, mais leurs lèvres ne s'ouvrirent pas.

« Ne perdons pas de temps, dit le journaliste ramené à la réalité. Peut-on sortir d'ici ?

— Non... Parlez bas, il y a un gardien derrière la porte.

— En le tuant ?

— Non ! Oh ! non !

— Alors avisons... D'abord, éteignez les lumières. »

Sa décision fut vite prise. Il alla au lit, en arracha les draps qu'il tordit ; il revint à la jeune fille, lui noua l'une des extrémités d'un drap autour de la taille, la fit passer par l'ouverture qu'il avait pratiquée dans le vitrail et la laissa filer.

LE DOS CONTRE LA MURAILLE, LES TALONS, SEULS, POSÉS SUR L'ENTABLEMENT, IL COMMENÇA SON PÉRILLEUX VOYAGE

« Arrivée en bas, lui avait-il dit, vous vous détacherez. »

Escander avait estimé que les deux draps pouvaient avoir à eux deux six mètres, peut-être sept de longueur ; mais quand il eut tout filé il sentit que la jeune fille n'avait pas encore touché le sol. Il se pencha à la fenêtre, tendit le bras qui soutenait le cher fardeau, puis il lâcha le drap en prêtant une oreille anxieuse.

Aucun bruit de chute ne lui parvint, aucun petit cri annonçant une douleur ou un danger. Il revint dans la chambre, prit une couverture, la lia fortement à un croisillon de fer des bords du vitrail, puis, à son tour, il allait se laisser glisser, quand il sentit une très vive douleur au poignet et quelque chose de chaud qui coulait entre ses doigts.

« Je me suis coupé une veine, pensa-t-il, ce n'est plus le moment de s'attarder. »

Il empoigna la couverture, descendit, mais la couverture était trop courte et il dut lâcher prise avant d'avoir atteint le sol.

Escander savait que le saut à exécuter n'était pas un jeu, mais il ignorait où et comment il allait tomber ; il tomba mal, à faux ; il poussa un léger cri et s'allongea à terre.

Quelque chose avait craqué dans sa cheville, en même temps qu'une atroce douleur lui paralysait la jambe.

Germaine s'élança vers lui ; agenouillée, elle l'interrogea.

« Ce n'est rien, dit-il, rassurez-vous. Je me suis coupé une veine du poignet et, je crois, tordu le pied. Attendez... Votre mouchoir... »

Mais Germaine avait compris ; elle fit autour du poignet blessé un pansement très serré, et prêta l'appui de son bras pour aider Escander à se relever ; mais celui-ci, après un cri étouffé, retomba.

« C'est impossible, dit-il ; je dois avoir la cheville brisée. Ecoutez-moi : Verdeau m'attend là-bas, derrière le château, à cheval sur un mur; allez-y, qu'il vous aide à fuir et éloignez-vous le plus vite possible.

— Et vous ?

— Moi ?... Eh bien ! moi, ma patte endommagée me retient ici, mais ça n'a pas d'importance. Allez-vous-en, chère Germaine... vite. Pour Dieu, vite !

— Ils vous tueront.

— Non. Allez-vous-en ! »

Alors, la jeune fille parla.

« Vous m'êtes plus cher que la vie ou la liberté ; vous abandonner serait une lâcheté, je reste. »

Escander, devant cette résolution qu'il sentit irréductible, ne perdit pas son temps en paroles. Serrant les dents pour ne point crier, s'aidant de ses deux bras, dont l'un commençait à le faire souffrir, et de sa jambe valide, il se traîna, aidé par Germaine, s'accrochant aux herbes, roulant parfois sur lui-même, mais se dirigeant sûrement vers l'endroit où se tenait Verdeau, car l'arbre à proximité duquel ils avaient accompli leur escalade le guidait. Enfin, couvert de sueur, épuisé, lamentable, il atteignit le mur, mais, là, il fut au bout de ses efforts et perdit connaissance.

Germaine, sentant que désormais tout dépendait d'elle, fut à la hauteur des circonstances ; elle s'approcha de l'arbre et à mi-voix appela :

« M. Verdeau !

— Qui est là ? répondit une voix qui semblait sortir de l'arbre même.

— Germaine Laurière !

— Ah ! sapristi de sapristi ! Vous ! c'est vous ! »

Il y eut un froissement de branches,

puis le bruit d'une chute et Verdeau se dressa à côté de la jeune fille.

« Escander? fut la première question du jeune homme à Mlle Laurière.

— Le voici. »

Verdeau, en examinant à l'aide de sa petite lampe son ami, eut une sorte de rugissement de fureur.

« Ils me l'ont tué ! »

Germaine, bégayant, la respiration courte, les mains tordues, mit Verdeau au courant de ce qui était arrivé.

En même temps elle désignait le pauvre corps étendu.

Agenouillé auprès de son camarade, Verdeau, la gorge déchirée de sanglots, ne perdit pas son temps. Il avait, en garçon de précaution, une petite topette d'eau-de-vie ; il en fit couler un peu entre les lèvres du blessé, il en humecta ses tempes, puis, quand il le vit revenir à lui, il dit à Mlle Laurière :

« Attendez, je vais chercher de l'aide ; dans une heure, Escander sera dans son lit. »

En deux bonds il fut sur le faîte du mur et disparut.

La jeune fille, toujours à genoux auprès du blessé, prit la chère tête dans ses bras ; elle resta là, silencieuse, pleine d'anxiété et aussi de bonheur.

Mais Escander était une nature vaillante, pleine de ressort, il avait sur lui-même et sur la douleur physique un empire absolu. Après une courte absence — pour ne point dire pâmoison, — il reprit conscience de lui-même, mais non pas encore des circonstances.

« Verdeau, dit-il.

— Verdeau est allé chercher du secours, dit Germaine, en serrant un peu plus que de raison la tête qu'elle tenait dans ses bras.

— C'est vous, Germaine ?

— Oui, c'est moi... sauvée par vous !

— Pour Dieu, fuyez.

LA JEUNE FILLE, TOUJOURS A GENOUX AUPRÈS DU BLESSÉ, PRIT LA CHÈRE TÊTE DANS SES BRAS

— Pas sans vous, et la voix de la jeune fille, bien que couverte déjà par prudence, devint encore plus basse, mais elle ne se fit pas balbutiante, au contraire, si elle devint plus faible c'est que son cœur battait à lui rompre la poitrine. Pas sans vous, mon ami, parce que je vous aime, parce que vous êtes toute ma vie désormais et que si vous deviez mourir là, je mourrai avec vous, ici. »

Pour le coup, Escander oubliant et son bras ouvert et sa cheville peut-être cassée, attira la jeune fille plus près de lui.

« Germaine, ma Germaine, merci. Depuis que je vous connais, depuis ce jour où nous avons déjeuné ensemble, souvenez-vous : Je vous ai dit : « Je voudrais vous demander quelque chose. — Quoi — Une poignée de main. » Dans cette petite main qui se tendit toute ouverte, pour l'étreinte demandée, j'ai mis, moi aussi, toute ma vie. Je vous aime, Germaine, pour la beauté de votre âme, pour la beauté de votre visage... et le charme est si grand, si profond que je ne sens plus ma douleur.

— Chut pour Dieu, taisez-vous, on vient. »

Mais sous l'afflux du bonheur, sous la violence de la contusion qu'il s'était faite, la fièvre avait pris Escander, il ne délirait pas, mais il ne pouvait se taire.

Pleine de terreur, la jeune fille se pencha vers lui :

« Tais-toi ! Pour Dieu, mon aimé, tais-toi ! »

Et collant ses lèvres sur les lèvres fiévreuses du blessé, elle l'obligea à se taire...

Un pas venait, rapide, sourd, léger. Une silhouette passa.

C'était un gardien. A sa ceinture brillait une petite lampe électrique et sur l'épaule, il portait une courte carabine à magasin.

Cet homme devait, avec une absolue certitude de sécurité, accomplir ainsi chaque soir une besogne machinale, dont il était convaincu de la parfaite inutilité, car il ne jeta aucun regard autour de lui, se contentant de suivre l'itinéraire qui lui était assigné.

« Pourvu, pensa Germaine, qu'il ne passe pas sous les fenêtres, il s'apercevra vite de ma fuite, alors, nous sommes perdus ! »

Elle fit part de ses craintes à Escander.

« Ecoutez-moi, dit celui-ci, écoutez, mon aimée, et surtout, quoi qu'il arrive, suivez à la lettre ce que je vais vous dire : Verdeau ne peut tarder maintenant, si votre fuite est découverte avant qu'il n'arrive, ne songez qu'à une chose, fuir — par n'importe quel moyen, gagnez le faîte du mur, jetez-vous de l'autre bord et pour le reste laissez-moi. »

La jeune fille comprit qu'il serait parfaitement inutile d'essayer de combattre les ordres de celui qu'elle aimait.

« Oui, oui, mais je vous en prie, tenez-vous calme, cet homme qui vient de passer s'est éloigné du côté de la mer, avant qu'il ne passe devant la fenêtre où pend la couverture, il se passera bien dix minutes, d'ici ce temps M. Verdeau sera peut-être de retour.

— Comme il tarde, » dit Escander.

Les deux jeunes gens se turent. Escander avait appuyé sa tête sur le bras de la jeune fille et lui tenait les deux mains dans les siennes.

Plus tard, il dit : « On m'aurait offert toutes les richesses de Tocra-Dasi-Pal pour changer de place que je les aurais refusées. »

Verdeau revint, très vite, tirant le

cheval que lui et Escander avaient rencontré avant d'atteindre les clôtures du château. Il l'amena au pied du mur, puis escalada celui-ci.

« A-t-il repris connaissance ? » demanda-t-il à Mlle Laurière en arrivant auprès d'elle.

Ce fut Escander lui-même qui répondit.

« Oui, ça va mieux... Que faisons-nous ?

— Pour l'instant, patron, il faut s'envoler d'ici. J'ai un cheval de l'autre côté du mur, je vais vous passer sa longe, vous vous amarrerez et puis, lui et moi, nous tirerons... D'abord, Mlle Laurière, passez par-dessus le mur... vous allez voir comme c'est facile. Je mets un genou à terre, vous posez un pied sur l'autre, le second pied sur mon épaule, vous vous cramponnez au faîtage du mur, je me lève et vous y êtes. »

Tout ceci fut accompli comme Verdeau l'avait expliqué.

Escander fut hissé à son tour, mais ce dernier effort, les horribles souffrances qu'il endurait le firent s'évanouir de nouveau. Ce fut un véritable paquet que reçut Verdeau et qu'il fit descendre doucement jusqu'à terre.

Germaine se jeta sur Escander inanimé, lui prenant la tête qu'elle souleva.

« Mon Dieu, dit-elle, ce ne serait pas juste, sauvez-le ! »

Escander n'était pas encore au bout de son énergie : il revint à lui au moment où la jeune fille formulait les derniers mots de son ardente prière ; il serra la main de Mlle Laurière.

« Rassurez-vous, ma chérie ! »

A ce moment Verdeau, qui redoutait quelque incident, insinua qu'il fallait songer au retour.

Il prêta l'appui de ses deux mains croisées à Escander, et celui-ci parvint à se mettre à califourchon sur le cheval, puis ils s'enfoncèrent dans la nuit.

XXI

NOUVELLE EXPEDITION NOCTURNE

La blessure d'Escander n'était pas grave : la cheville luxée fut mise dans le plâtre; les soins et la présence de Germaine eurent vite fait de rétablir le journaliste.

Mais il ne s'endormait pas dans la douce atmosphère que la jeune fille créait autour de lui ; il rédigea deux longues lettres, le lendemain même de la nuit où il avait délivré Germaine, pendant que celle-ci, de son côté, rassurait sa mère.

Les deux lettres d'Escander furent portées à Paris par Verdeau, dont le passage à bord de la limousine terrifia les populations des villages et les passants des routes. Les deux missives étaient adressées à Le Sauter et au président du Conseil.

Les réponses ne se firent pas attendre.

« Venez en hâte, » disaient-elles toutes deux.

Escander et Germaine obéirent, et ce fut encore Verdeau qui, d'une allure foudroyante, les amena à Paris.

Le soir même, en grand secret, eut lieu à l'Elysée un conseil, sous la présidence du chef de l'Etat. Escander fut invité à comparaître. Il arriva, accompagné par Le Sauter, en s'aidant de deux béquilles, par prudence.

Introduit seul, très à l'aise, avec cette autorité de la parole que donne une conviction bien assise, le journaliste exposa les grandes lignes de son projet et raconta, sans omettre aucun détail, ce qu'il avait vu et entendu au cours de la nuit passée en partie au château du Hoc.

Le conseil suprême dura deux longues heures, au cours desquelles Escander rappela ce que chacun avait fait; il mit en lumière le rôle de Germaine Laurière, qui, la première, avait jeté un peu de lumière dans cette ténébreuse affaire, ainsi que le dévouement de Verdeau. Il coupa court aux félicitations dont il fut l'objet en suppliant le conseil suprême de prendre, au cours de la nuit même, les décisions nécessaires pour que l'action fût foudroyante.

La plupart des mesures générales préconisées par le reporter du *Monde* furent adoptées et le conseil arrêta les détails d'un plan d'opérations énergiques et rapides.

Tout se passa dans le plus grand secret ; aucune des décisions prises ne fut connue. Pendant que, à Londres, le roi et son conseil discutaient la possibilité de traiter avec les Radjisraks, sans que l'honneur de la vieille Angleterre eût trop à en souffrir, la France, une fois de plus, s'apprêtait à sauver le monde.

Escander et Verdeau reprirent la route du Calvados. Germaine était restée auprès de sa mère ; elle devait rejoindre, quelques heures plus tard, les deux amis. Les jeunes gens étaient maintenant fiancés et Mlle Laurière ne voulait plus quitter Escander. « Vous m'appartenez, comme je vous appartiens, lui avait-elle dit ; là où vous êtes, je dois être. » A cela, Escander n'avait rien trouvé à répondre.

Pendant que l'automobile roulait, emmenant les deux rédacteurs au *Monde*, Escander, à demi étendu sur la banquette, se confessait à Verdeau.

« Mon vieux, j'ai bluffé comme un vulgaire joueur de pocker, et c'est maintenant que commencent les grosses difficultés. Si nous échouons, nous faisons échouer la France et nous sommes déshonorés. C'est bien simple !

— Ça paraît, en effet, assez simple, dit Verdeau ; mais que reste-t-il à faire ?

— Un rien : empêcher Tocra de s'enfuir et, pour cela, immobiliser tous les avions dont il dispose.

— Diable !

— Oui, diable! Mais si la chose est difficile — et elle l'est — elle n'est pas impossible. Vous savez que les avions doivent être remisés quelque part dans les sous-sols et qu'ils sont amenés un à un ou deux à deux sur la terrasse, d'où ils prennent leur vol. Ce sont des ascenseurs hydro-électriques qui les conduisent ainsi à leur point de départ. Si nous pouvons empêcher les ascenseurs de fonctionner, nous les tenons tous.

— Comment faire ?

— Des choses folles ! J'ai là, sous votre siège, six grosses saucisses de dynamite. »

Verdeau retira sa casquette, puis la remit.

« Ce qui m'ennuie surtout, c'est que j'ai sur moi une grosse partie de ma partition des *Chevaliers du guet*, dit-il.

— Alors ?

— Alors, si nous sautons, elle sautera avec nous et ce sera une grande perte.

— Inappréciable, dit Escander : mais vous oubliez que nous ne serons

plus là pour en éprouver l'étendue, ça simplifie la question. Je continue. Cette nuit, nous allons de nouveau pénétrer dans le château, nous déposerons nos cartouches sous le réservoir d'eau qui sert au fonctionnement des ascenseurs ; nous allumons le cordon, assez long pour durer quatre heures, et nous partons.

— Que je voudrais, dit Verdeau, voir sauter ces bâtisses ! Mais pourquoi ne faisons-nous pas aussi sauter Tocra et sa bande ? Ça simplifierait tellement les choses !

— Il faut prendre Tocra vivant ! »

Il y eut un silence ; Escander le rompit pour dire :

« Tâchons de dormir un peu. »

A la vérité, il voulait savourer dans le silence son bonheur d'être aimé de Germaine.

Verdeau, pour charmer le temps, se fredonna mentalement les principaux airs des *Chevaliers du guet*. Il avait totalement oublié, dix minutes après, qu'il était assis sur dix kilogrammes d'explosif.

Enfin, la voiture stoppa à Vierville.

Les deux jeunes gens dînèrent, puis, à dix heures, portant chacun une partie de la dynamite — ainsi que le chauffeur, qui ignorait la dangereuse nature du paquet dont il était chargé — ils partirent.

Escander pouvait marcher assez aisément ; sa cheville n'était plus qu'engourdie.

Arrivés au pied du mur, le journaliste renvoya le chauffeur qui laissa là, en plus de son paquet, deux rouleaux de corde, dont l'une à nœuds et terminée par un crampon de fer.

« Il est encore trop tôt, dit Escander ; attendons minuit. »

Alors, côte à côte, ils causèrent, à voix basse, Verdeau fumant son éternelle pipe.

Au loin, sur la mer, une sorte de battement régulier se faisait entendre ; tous deux prêtèrent l'oreille.

« C'est un contre-torpilleur, dit Verdeau.

— Oui ; alors l'escadre de la Manche est en mouvement. Je crois, Verdeau, que le soleil de demain éclairera des choses curieuses à voir.

— Et de grandes choses auxquelles, pour ma part, je serai fier d'avoir été mêlé.

— Oui, c'est un souvenir qui demeurera dans nos mémoires, parmi tant d'autres souvenirs, continua Escander; mais cependant c'est moins la besogne et ce qu'on y risque que le résultat obtenu qui doit compter. Le reste n'est rien ou presque rien. Dans vingt ans — j'allais dire cinquante, ce qui eût été exagéré — dans vingt ans on dira, en parlant de ces heures troublées et dramatiques : un ministre s'est trouvé qui a sauvé la France ! C'est tout ce que nous y gagnerons ; mais comme dit le sage, pour vivre heureux, vivons cachés...

— Mais nous, nous saurons ce que nous avons fait...

— Ça, c'est une autre histoire... D'ailleurs j'aime d'autant plus vivre caché que j'ai l'horreur du bruit ; et vous ?

— Moi, pas, je suis un peu musicien, vous savez... »

Escander eut un sourire amusé que Verdeau ne fit que soupçonner.

« Eh bien, je crois que pas plus tard que demain, vous allez être servi à souhait. Comme musique, ça ne laissera rien à désirer, ou je me trompe fort... Allons, nous pouvons agir, je crois. »

A l'aide de la corde à nœuds dont le crampon de fer se fixa admirablement au faîtage du mur, les deux jeunes gens s'installèrent sur ce dernier et tirèrent à eux le paquet de dynamite lié au moyen de l'autre corde. Vingt minutes après ils étaient au pied du réservoir d'eau, monté sur des piliers de ciment. Chacun de ces pieds fut entouré par deux saucisses, et toutes les saucisses furent reliées par un cordon détonant. Verdeau recouvrit le chemin suivi par le cordon Bickford avec des herbes qu'il arracha, pendant qu'Escander ensevelissait les saucisses sous une mince couche de terre.

Tout était terminé.

Ils refranchirent le mur et, emportant leurs cordes, rentrèrent à Vierville. Verdeau chantait à tue-tête...

Pendant que se passaient ces événements, les autorités n'étaient pas restées inactives. Pour la première fois, peut-être, on ne tâtonna pas. Des ordres, nets, précis, ne laissant place à aucune fausse interprétation, se succédèrent selon un plan dont tous les détails avaient été prévus, et le président du Conseil pouvait savourer à l'avance le triomphe qu'il remporterait quand il annoncerait au Parlement et dès le lendemain peut-être, que la puissance des Radjisraks avait vécu et que la France gardait pour elle seule le mérite de les avoir vaincus.

Dès les premières heures du soir, les troupes casernées à Cherbourg, à Bayeux, à Caen se mettaient en marche, des trains tenus prêts devaient les amener jusqu'au Mollay-Littry d'où elles rayonneraient dans diverses directions afin d'envelopper la falaise. L'artillerie avait également pris les voies ferrées, et bien avant minuit, heure à laquelle Escander et Verdeau minaient le réservoir d'alimentation des ascenseurs du château, se trouvait en position tout autour de la pointe du Hoc, à deux kilomètres environ. Les aéroplanes militaires, dissimulés dans les vastes herbages, n'attendaient plus qu'un signal pour prendre leur vol.

De son côté, l'escadre de la Manche avait allumé ses feux le matin et, à la nuit, était venue mouiller entre Cherbourg et le Havre, barrant, à deux kilomètres de la côte, les routes de la mer.

Le ministre avait décidé que l'infanterie enserrerait le repaire, puis que les sommations légales seraient faites ; si, comme il le pensait, elles restaient inutiles, les artilleries de terre et de mer entreraient en action et enseveliraient le château sous une avalanche de projectiles.

Quand Escander et Verdeau s'éveillèrent, à l'aurore, après un bref sommeil, le village de Vierville était occupé militairement.

Les deux journalistes se rendirent auprès du général commandant les troupes. Escander avait dans son portefeuille une lettre du président du Conseil le recommandant à cet officier général.

Germaine était arrivée le matin même; elle se joignit aux deux jeunes gens.

Le général, très courtois, dit à Escander :

« J'ai l'ordre de vous permettre d'accompagner l'officier chargé de pénétrer dans le château, mais il ne concerne que vous. Monsieur — et il désignait Verdeau — restera ici et, croyez-moi, il ne perdra rien du spectacle, non plus que madame. »

Les deux journalistes durent s'incliner.

Un clairon sonna le rassemblement. Le général tira sa montre, il était 4 h. 35. L'action était commencée...

Au château du Hoc, Tocra-Dasi-Pal faisait préparer son départ éventuel.

XXII

LA FIN D'UN CAUCHEMAR

Au petit jour, Tocra, qui sommeillait étendu sur un divan, avait été respectueusement, mais brusquement éveillé par son secrétaire Ravana qui descendait de la terrasse.

Il avait vu, sous les premières lueurs diffuses du jour naissant, les plaines qui entouraient le domaine s'animer de petits points bleus, que des appels de clairons faisaient mouvoir.

Du côté de la mer, à l'horizon, il vit à l'aide d'une des longues-vues installées sur pivots fixes, les masses sombres des grands cuirassés, immobiles, et la surface polie de la mer, où dansaient les joyeux rayons du matin, ridée, rayée par les sillages des vedettes et des bâtiments légers évoluant autour des forteresses d'acier.

Alors Ravana avait couru prévenir son maître.

Tocra-Dasi-Pal fut d'abord incrédule ; il voulut vérifier par lui-même les dires de son secrétaire, et monta sur la terrasse.

Son regard froid se promena sur tout l'horizon : la vue des troupes, disposées dans les plaines par petits paquets, des cuirassés, ne lui laissa plus aucun doute.. Le château était investi.

Cependant il espérait encore. La fuite de Mlle Laurière lui avait fait pressentir le danger, mais il ne le croyait pas aussi proche; il n'en avait pas moins arrêté dans son esprit l'ensemble des mesures qu'il comptait prendre.

Se retournant, une flamme dans le regard, il donna des ordres d'une voix brève que la rage faisait trembler, et son œil ressembla à celui d'un fauve acculé au combat.

« Ravana, retiens ceci : que l'on prépare mon appareil. Je partirai dans une heure, rien ne presse. Les unités d'escadrille partiront de cinq minutes en cinq minutes. L'ensemble des appareils se divisera en deux groupes. L'un opérera au-dessus de terre. Que ces troupes damnées soient anéanties ! L'autre groupe fera sauter la flotte, qui, là-bas, se croit peut-être invulnérable. Ceci terminé, les hélicoptères gagneront la première étape. Avec ce qui nous restera de crystallopyr nous serons encore capables de dicter nos volontés. Le dernier partant, toi — en toi seul j'ai confiance — tu mettras le feu aux laboratoires. Dans trois jours, Ravana, nous serons aux Indes, à la tête de l'insurrection. »

Ravana, galvanisé par ces paroles, descendit. Tocra-Dasi-Pal resta plongé dans ses réflexions, debout sur la terrasse. Sa silhouette se découpait sur le ciel ; il était visible de tous les points de l'horizon.

A ce moment sur la droite des bâtiments du château, du côté de la mer, il y eut une très violente explosion, un nuage épais de poussière s'éleva et les réservoirs de ciment s'effondrèrent. C'était le résultat de l'expédition nocturne d'Escander et de Verdeau.

Tocra n'avait pas bougé. Cet homme semblait de bronze.

Ravana, arrivant par un petit escalier qui desservait la terrasse, apparut, pâle, les traits convulsés par une atroce angoisse.

« Maître ! O maître, les ascenseurs

ne fonctionnent plus, il est impossible d'amener les hélicoptères jusqu'ici.

— Que dis-tu ? »

Par un retour aux coutumes ancestrales, il porta la main à sa ceinture, cherchant une arme pour punir le messager porteur de mauvaises nouvelles, mais il se ressaisit vite ; d'un geste il entraîna son secrétaire à sa suite.

« IL EST EXACTEMENT HUIT HEURES; JE NE QUITTE PAS LE CHATEAU DU BOUT DE MES JUMELLES »

Dans les souterrains, les deux cent cinquante aviateurs attendaient près de leur appareil.

Devant le maître, on essaya de nouveau de faire fonctionner les pompes, mais vainement.

Il n'existait pas d'autres issues pour libérer même un hélicoptère. C'était une faute, une maladresse dont allait mourir la terrible association. La faute en incombait à Tocra-Dasi-Pal qui, afin de masquer la véritable destination du château, n'avait toléré aucune grande ouverture. Pour amener, à l'heure actuelle, un appareil dans les conditions nécessaires à son départ, il aurait fallu en démonter les surfaces portantes, et c'était là une besogne longue, pour laquelle le temps manquait.

Au moment même où le rajah faisait cette constatation, un coup de gong retentit à l'extérieur.

Tocra et Ravana remontèrent...

A six heures, le général avait appelé l'officier — un capitaine — chargé de faire les sommations et lui avait donné ses instructions. Cet officier, peu d'instants après, était monté à cheval, accompagné d'Escander également monté. Les deux hommes étaient précédés d'un trompette portant un fanion blanc à sa lance.

Nous copions ici les notes prises par Escander : mieux que n'importe quel récit elles permettent de se représenter ce que furent ces heures dramatiques.

« Il est 7 h. 10 quand nous montons à cheval. Les explosifs que nous avons posés, cette nuit, avec Verdeau, ont joué admirablement leur rôle. Tocra n'a plus aucune chance de pouvoir fuir. Le château semble absolument désert. Allons-nous à la mort ou à la victoire ? Il est difficile de le dire. Pour moi, cette tranquillité est trop apparente. Tout à l'heure, un homme est monté sur la terrasse et a longuement observé ce qui se passait aux alentours ; donc, au château, ils connaissent notre présence.

« Nous nous sommes arrêtés une première fois à dix pas de la porte, rien ne bouge ; cependant, j'en suis certain, nous sommes épiés. Le planton reste derrière nous et nous avançons jusqu'à toucher la porte. Sur un signe du capitaine, le cavalier lance un bref appel de trompette, puis l'officier, heurtant la porte du pommeau de son sabre, s'écrie, d'une voix forte :

« Au nom de la France, ouvrez ! »

« A ma grande stupéfaction, la porte tourne lentement sur elle-même et un homme apparaît dans l'encadrement. C'est le secrétaire intime, je l'ai reconnu.

« Sans saluer, il demande :

« — Que voulez-vous ?

« — Voir votre maître, le rajah Tocra-Dasi-Pal, dit l'officier.

« — Venez.

« L'officier n'a pas une minute d'hésitation; il saute de cheval, moi aussi, et nous voici en route vers l'inconnu...

« Nous suivons d'interminables couloirs et nous arrivons devant les trois portes du premier étage ; je les reconnais, mais nous sommes venus par un autre chemin que celui que j'ai suivi lors de ma visite nocturne.

« Le secrétaire ouvre une porte, celle de la bibliothèque. Tocra-Dasi-Pal est là, assis sur une sorte de cathèdre, en face de la porte. Il est vêtu de ses plus somptueux vêtements, littéralement ruisselant de bijoux; sa main gauche est appuyée sur le pommeau de son sabre; à son turban brille un diamant énorme. Derrière lui, deux serviteurs se tiennent debout. Le rajah, dont le regard noir est fixé sur notre groupe, est d'une pâleur cendrée qu'accuse encore ce regard et la noirceur de la barbe et des sourcils.

« L'officier s'arrête à deux pas, rectifie la position et porte la main à son casque. Je suis tête nue, mon chapeau à la main ; je dois faire une étrange figure.

« — Au nom de la République française, dit l'officier d'une voix lente et grave, le rajah Tocra-Dasi-Pal est sommé de se rendre, sans conditions.

« Tocra inclina légèrement la tête.

« — Si je refuse ? dit-il.

« — Le château du Hoc, en ce moment sous le feu de nos nombreux canons, sera détruit de fond en comble avec tout ce qu'il contient. Le feu sera ouvert à la moindre tentative de résistance.

« Tocra eut un étrange sourire.

« — Dans une heure, monsieur, votre chef aura ma réponse. Affirmez-

« Depuis un quart d'heure, nous remarquons un assez vif mouvement sur la terrasse. De nombreux serviteurs apportent, déroulent et étendent une sorte de chose roulée, des tapis peut-être ; mais une fois qu'ils les ont étalés, ils enlèvent une autre étoffe, une doublure peut-être ; nous n'y comprenons rien.

« 8 h. 25. Le travail continue, les hommes déploient une activité fébrile. Prépareraient-ils leur délivrance ? C'est impossible, nous ne sommes plus au temps des Mille et une Nuits, et les tapis enchantés ne transportent plus personne par la voie des airs. Le

lui que durant ce délai, que j'exige, rien ne sera tenté contre lui et les siens. Allez.

« D'un geste lent, très noble, il nous congédia.

« Le capitaine salua de nouveau, et nous quittâmes ces quatre hommes dont pas un n'avait bronché.

« Le général, quand il fut informé du résultat de la mission, consentit, bien qu'à regret, à accorder le délai demandé ; cependant, il fit avancer les troupes jusqu'à environ cinq cents mètres du château...

« Il est exactement huit heures ; je ne quitte pas le château du bout de mes jumelles; je dicte, Verdeau écrit.

UNE COURTE FLAMME VIENT D'APPARAITRE A L'UN DES COINS DE LA TERRASSE

soleil, déjà haut, commence à chauffer. Les hommes ont achevé de dérouler les « tapis », ils apportent des livres, des liasses, puis enfin une cathèdre, celle sur laquelle était assis Tocra-Dasi-Pal quand il nous a reçus.

« 8 h. 45. Encore un quart d'heure et tout sera terminé. Enfin, voici Tocra, toujours aussi fastueusement vêtu et suivi de son secrétaire intime. Tous deux marchent rapidement, comme si le sol leur brûlait les pieds. Tocra est assis maintenant, son secrétaire derrière lui.

« Cet homme est un misérable, mais un misérable de grande envergure : il doit nous préparer une surprise. Son ambition tendait à conquérir la maîtrise du monde, à dicter ses volontés d'un pôle à l'autre. Aucun des moyens d'y parvenir ne l'a fait reculer... Il a suffi de quelques poteaux de ciment brisés à l'heure où il fallait qu'ils le fussent pour l'abattre, lui et son rêve...

« 8 h. 54. Derrière Tocra-Dasi-Pal et son secrétaire sont venus se ranger tous les serviteurs du château, tous ceux qui étaient employés à des besognes qui nous sont encore mystérieuses. Ils s'agenouillent sur deux rangs. Ce spectacle, auquel nul ne comprend encore rien, a un réel caractère de grandeur.

« On remarque depuis dix minutes un étrange phénomène. Au-dessus de la terrasse, l'atmosphère semble changer de couleur et de densité : elle est plus fluide, plus légère, plus transparente. Cela fait naître aussi une assez forte brise, tantôt très chaude, tantôt fraîche, qui semble tourner autour de nous.

« Je crois avoir compris...

« Le phénomène s'accentue encore. Le général s'impatiente, il précipite ses ordres. Lui aussi s'inquiète; je crois qu'il n'attendra pas la fin du délai, bien que celui-ci expire dans quelques minutes.

« Une courte flamme vient d'apparaître à l'un des coins de la terrasse. Un chant lointain, étrange, éclate, lent, plein de majesté. Ce sont les hommes agenouillés qui se mettent à psalmodier un hymne ou une prière. Cela est aussi infiniment triste et profondément émouvant.

Tout cela est horriblement long, angoissant, terrible, comme les minutes que l'on passe devant la porte fermée d'une prison au seuil de laquelle la guillotine est dressée.

L'armée, l'arme à terre, les artilleurs à leur pièce sont là immobiles, silencieux... Seul le chant funèbre domine, il vient à nous, il emplit le ciel et la Terre, c'est grandiose !

« 9 h. 2. Tout à coup, victorieusement, comme ayant été trop longtemps contenues, les flammes s'élancent, d'un seul coup. Derrière leur rideau mouvant, on ne voit plus rien. On entend encore les chants, puis ils s'affaiblissent et se taisent.

« Le général furieux commande aux troupes d'avancer encore.

« Que veut-il donc ?

« Prendre Tocra ? Je l'en défie. Comme Sardanapale, le rajah meurt avec ses richesses — et son secret.

« 9 h. 20. Le brasier est gigantesque. Les troupes ne peuvent s'en approcher. Des explosions ont lieu. C'est fini. Les Radjisraks ont vécu ! »

Malgré les larmes que ces hommes ont fait répandre, malgré les deuils et les ruines qu'ils ont semés pour nourrir leur rêve, si j'avais été le général commandant les troupes, j'aurais fait porter les armes et les clairons eussent sonné aux champs !

EPILOGUE

Peu de temps après ce tragique événement, Escander conduisait à l'autel Germaine Laurière, vêtue de blanc, les yeux irradiés de bonheur.

Ce que le public connaissait de la vérité suffisait pour assurer au jeune couple la sympathie de toutes les classes de la société ; aussi une foule innombrable emplissait l'église et encombrait les rues que devait suivre le cortège.

Germaine, un peu pâle — les grandes joies sont aussi des douleurs — mais souriante, s'appuyait au bras d'Escander, promu la veille officier de la Légion d'honneur. Verdeau, par le même décret, avait été nommé au grade de chevalier.

Le président de la République, les ministres avaient signé au contrat, et le ministre de l'Instruction publique avait désigné la future Mme Escander pour une importante chaire de chimie.

Ce fut la jeune mariée qui, s'aidant de fragments de notes recueillies sur le cadavre de Jacques Lambert — il avait été retrouvé, la tête trouée d'une balle, au fond du caveau qui lui servait de laboratoire, et que le feu n'avait pas atteint — donna les explications les plus plausibles au sujet des moyens employés par les Radjisraks ; elles furent adoptées par tous les corps savants et reproduites dans les journaux du monde entier.

Nous en donnons ci-dessous quelques extraits :

« L'étrange matière — le *crystallopyr* — inventée par Jacques Lambert, se présentait sous forme de feuille transparente qui pouvait s'obtenir sans solution de continuité à n'importe quelles dimensions, un petit morceau, plongé dans le bain mystérieux, s'accroissant en effet, sans cesse, sous forme de lamelle, aux dépens du milieu.

« Le crystallopyr possédait l'étrange propriété de faire passer la chaleur du milieu qui baignait l'une de ses faces dans le milieu baignant l'autre face ; en d'autres termes, il semblait que l'une des faces avait le pouvoir de pomper en quelque sorte les calories de l'atmosphère qui se trouvait de son côté ; ces calories traversaient la matière et l'autre face les réfléchissait dans l'atmosphère voisine. Il y avait donc échauffement d'un côté et refroidissement de l'autre, par suite d'échange d'énergie calorifique.

« Quelle était la cause de ce phénomène extraordinaire ? L'intervention de l'air était-elle nécessaire, ou se produisait-il dans un milieu quelconque ? Les quelques notes de Jacques Lambert sauvées du désastre ne donnent malheureusement pas la clé du mystère ; et comme aucune parcelle de crystallopyr n'a été recueillie, force est de s'en tenir à des hypothèses.

« La plus admissible est que l'une des faces, tant sans doute par sa composition chimique que par sa cristallisation et par son état spécial moléculaire, avait la propriété de ralentir le mouvement des corpuscules infiniment petits, séparés les uns des autres, qui, d'après les dernières données de la science, constituent toute matière ; ce ralentissement entraînant un refroidissement, libérait de l'énergie qui traversait sous forme de vibrations, la matière. Et cette énergie allait — par un phénomène inverse dû à des conditions différentes de la seconde face

— augmenter la vitesse des corpuscules élémentaires du fluide baignant cette seconde face; par cela même elle provoquait l'échauffement de ce fluide.

« Ce phénomène n'était permis que grâce à un déséquilibre complexe entre les deux faces de l'étrange matière qui ne devait pas être homogène et était sans doute constituée par un assemblage de pellicules infiniment fines de matières différentes.

« Dans les laboratoires souterrains du château du Hoc, on produisait en grand l'étrange matière qui était emmagasinée sous forme de rouleaux.

« Ces rouleaux étaient emportés par des hélicoptères perfectionnés, de forme et de couleur telles qu'à quelques centaines de mètres de hauteur ils étaient invisibles. Des ondes électriques assuraient le synchronisme absolu de marche de ces machines volantes qui pouvaient ainsi se déplacer en groupe sans endommager l'extraordinaire charge qu'ils soutenaient.

« Arrivés au-dessus de l'endroit fixé par le Maître, les hélicoptères se divisaient en séries qui s'écartaient selon certaines directions, afin de dérouler la matière dans le sens indiqué par les ordres donnés, et présentaient du côté du sol tantôt la face absorbante de la chaleur, tantôt la face accumulatrice de chaleur.

« Suivant la superficie des séries de rouleaux développés, suivant la hauteur au-dessus du sol des nappes ainsi étalées, suivant les conditions atmosphériques, suivant le temps de stationnement, les effets destructeurs étaient gradués pour — suivant la volonté souveraine des Radjisraks — constituer des avertissements ou provoquer des catastrophes dont l'ampleur était déterminée d'avance.

« C'est ainsi que le rajah Tocra-Dasi-Pal avait su utiliser la merveilleuse invention — due peut-être à un hasard — du chimiste Jacques Lambert, afin d'essayer d'arriver à ses fins ambitieuses. Rien ne l'avait arrêté et il avait semé les ruines sur toute la terre, alors que si cette découverte était tombée entre les mains d'un de ces grands philanthropes dont l'humanité s'honore de temps en temps, il s'en serait servi pour améliorer les conditions générales de l'existence sur notre planète, puisqu'il aurait été maître du froid et du chaud. »

TABLE DES MATIÈRES

Imprimerie du Palais, 20, rue Geoffroy-l'Asnier, Paris.

Œuvres illustrées de Jules Verne

SÉRIE A

Chaque volume in-8° illustré

broché .... **10 fr.**
cartonné .... **15 fr.**

L'Archipel en feu.
Autour de la Lune.
Aventures de trois Russes et de 3 Anglais.
Un billet de loterie.
Le Chancellor.
La Chasse au Météore.
Le Château des Carpathes.
Les cinq cent millions de la Bégum.
Cinq semaines en ballon.
De la Terre à la Lune.
Un drame en Livonie.
Le Docteur Ox.
L'Ecole des Robinsons.
L'Etoile du Sud.
Face au Drapeau.
Hier et Demain, Contes et Nouvelles.
Robur-le-Conquérant.
Le Secret de Wilhem Storitz.
Le Tour du Monde en 80 jours.
Une Ville flottante.
Voyage au centre de la Terre.

SÉRIE B

Chaque volume in-8° illustré

broché .... **20 fr.**
cartonné .... **28 fr.**

L'Agence Thompson and C°.
Aventures du capitaine Hatteras.
Aventures de trois Russes. — Une Ville flottante.
Bourses de voyage.
Un Capitaine de quinze ans.
Cinq semaines en ballon. — Voyage au centre de la Terre.
L'Etoile du Sud. — L'Archipel en feu.
L'Etrange Aventure de la Mission Barsac.
La Jangada.
La Maison à vapeur.
Michel Strogoff.
Mistress Branican.
Les Naufragés du « Jonathan ».
Robur-le-Conquérant. — Un billet de Loterie.
Seconde Patrie.
Le Secret de Wilhelm Storitz. — Hier et Demain. — Contes et Nouvelles.
Le Testament d'un Excentrique.
Le Tour du Monde en 80 jours. — Le Docteur Ox.
Vingt mille lieues sous les mers.

SÉRIE C

Chaque volume in-8° illustré

broché .... **25 fr.**
cartonné .... **33 fr.**

Les Enfants du Capitaine Grant.
L'Ile mystérieuse.
Mathias Sandorf.

Les mêmes volumes dans la Collection in-16 illustrée,

Brochés : 7 francs :: :: Reliés : 10 francs

BIBLIOTHÈQUE DE LA JEUNESSE

VOLUMES DÉJA PARUS :

ALLORGE	*Ciel contre Terre.*
ASSOLLANT	*Montluc-le-Rouge.*
BIGOT et LAUMANN	*L'étrange matière.*
BOMBONNEL	*Le tueur de panthères.*
BORIUS	*La petite Cosaque.*
CHABRIER-RIEDER	*Fils de veuve.*
CHÉRON DE LA BRUYÈRE	*Nora.*
CIM (Albert)	*Amis d'enfance.*
COLOMB (Mme)	*La fille de Carilès.*
COLOMB (Mme)	*Jean l'Innocent.*
DOURLIAC (H.-A.)	*La dernière des Villemarais.*
D'URGEL	*Le Caillou rouge.*
GENESTOUX (Magd. du)	*Jean-Louis le Têtu.*
GÉNIAUX (Ch.)	*Un Corsaire de 15 ans.*
GIRARDIN	*Le Capitaine Bassinoire.*
GORSSE (H. de)	*Cinq semaines en aéroplane.*
JACQUIN et FABRE	*Les petits naufragés du " Titanic ".*
JACQUIN et FABRE	*Le Chien de Serloc Kolmès.*
JEANROY (B.-A.)	*La petite Jeanne d'Arc.*
JEANROY (Th.)	*L'enfant des Fées.*
LAUMANN et LANOS	*L'aéro-Bagne 32.*
MAËL (Pierre)	*Le forban noir.*
MAËL (Pierre)	*La fille de l'aiguilleur.*
MALOT (Hector)	*Romain Kalbris.*
MOUTON (E.)	*Vie et aventures de Marius Cougourdan.*
RENAUD (J.-Joseph)	*Un mystérieux message.*
SEVESTRE	*La Main rouge.*
TOUDOUZE (Georges G.-)	*Fille de proscrit.*
TOUDOUZE (Georges G.-)	*Le petit roi d'Ys.*

Chaque volume illustré broché, couverture en couleurs

2 fr. 50

IMP. CESSAC, PARIS.

www.ingramcontent.com/pod-product-compliance
Ingram Content Group UK Ltd.
Pitfield, Milton Keynes, MK11 3LW, UK
UKHW021106270726
13993UKWH00006B/1034

9 782329 207070